WALMIR AYALA

CRÔNICAS PARA JOVENS

Seleção, Prefácio e Notas Biobibliográficas
ANTONIETA CUNHA

São Paulo
2015

© André do Carmo Seffrin, 2013
1ª Edição, Global Editora, São Paulo 2015

    Jefferson L. Alves – diretor editorial
    Antonieta Cunha – seleção e apresentação
    Cecilia Reggiani Lopes – edição
    Flávio Samuel – gerente de produção
    Flavia Baggio – coordenadora editorial
    Érika Cordeiro Costa e Luciana Chagas – revisão
    Acervo pessoal de Walmir Ayala – foto de capa
    Eduardo Okuno – projeto gráfico e capa

A Global Editora agradece a André Seffrin pela gentil cessão dos direitos de imagem de Walmir Ayala.

Obra atualizada conforme o
NOVO ACORDO ORTOGRÁFICO DA LÍNGUA PORTUGUESA

CIP-BRASIL. CATALOGAÇÃO NA FONTE
SINDICATO NACIONAL DOS EDITORES DE LIVROS, RJ

A976c

    Ayala, Walmir, 1933-1991
    Crônicas para jovens / Walmir Ayala ; seleção, prefácio e notas biobibliográficas Antonieta Cunha. – 1. ed. – São Paulo : Global, 2015.

    ISBN 978-85-260-2112-9

    1. Crônica brasileira. I. Título.
14-15320   CDD: 869.98
                                   CDU: 821.134.3(81)-8

Direitos Reservados

global editora e distribuidora ltda.
Rua Pirapitingui, 111 – Liberdade
CEP 01508-020 – São Paulo – SP
Tel.: (11) 3277-7999 – Fax: (11) 3277-8141
e-mail: global@globaleditora.com.br
www.globaleditora.com.br

Colabore com a produção científica e cultural.
Proibida a reprodução total ou parcial desta obra sem a autorização do editor.

Nº de Catálogo: **3554**

WALMIR AYALA

CRÔNICAS PARA JOVENS

BIOGRAFIA DA SELECIONADORA

Maria Antonieta Antunes Cunha é doutora em Letras e mestre em Educação pela Universidade Federal de Minas Gerais (UFMG). Professora aposentada da Faculdade de Letras da UFMG, hoje coordena cursos de especialização da Pontifícia Universidade Católica de Minas Gerais (PUC-MG). Editora e pesquisadora na área de leitura e literatura para crianças e jovens, tem planejado, coordenado e executado vários projetos nesse campo, entre eles o Cantinhos de Leitura, da Secretaria de Estado da Educação de Minas Gerais, adotado posteriormente em vários estados brasileiros. Foi a criadora e a primeira diretora da Biblioteca Pública Infantil e Juvenil de Belo Horizonte. Tem mais de trinta livros publicados, entre didáticos e de pesquisa. Por dois mandatos, foi presidente da Câmara Mineira do Livro. Foi secretária de Cultura de Belo Horizonte, de 1993 a 1996, e presidente da Fundação Municipal de Cultura de Belo Horizonte, de 2005 a 2008.

A CRÔNICA

Muito provavelmente, a crônica, se não é o gênero literário mais apreciado, é o mais lido no Brasil. Ela tem, sobre os outros, a vantagem de comumente se apresentar em jornais e revistas, o que aumenta muitíssimo seu público potencial. Outro ponto que conta a favor da crônica, considerando-se o público leitor em geral, é que ela é uma composição curta, uma vez que o espaço no jornal e na revista é sempre muito definido.

Mas essas mesmas características podem pesar contra a crônica: em princípio, ela é tão descartável quanto o jornal de ontem e a revista da semana passada, seja pela própria contingência de aparecer nesses veículos, seja pelo fato de, na maioria dos casos, correr o risco de não se constituir como página literária. Vira "produto altamente perecível", e realmente desaparece, a não ser em casos especiais: um fã ardoroso, que coleciona tudo do autor; um assunto palpitante para o leitor, que recorta e guarda o texto com cuidado; o arquivo do periódico...

Se o autor tem lastro literário e é reconhecido como escritor, crônicas suas consideradas mais significativas, pelo assunto e pela qualidade estética, são selecionadas para virar livro – como é o caso deste que você começa a ler.

Digamos, ainda, que muitos consideram este um gênero literário tipicamente brasileiro, pelo menos com as características que assumiu hoje, e que conseguiu uma façanha: introduzir no cenário literário nacional um autor que escreveu praticamente só crônicas: Rubem Braga. Outros cronistas, antes e depois dele, eram ou são reconhecidos romancistas, poetas ou dramaturgos, como Machado de Assis, Rachel de Queiroz, Olavo Bilac, Manuel Bandeira, Paulo Mendes Campos, Fernando Sabino, Carlos Drummond de Andrade, Ferreira Gullar, Affonso Romano de Sant'Anna, Ignácio Loyola Brandão, Alcione Araújo, Marina Colasanti, Nelson Rodrigues...

Mas a crônica cumpriu uma longa trajetória até chegar ao que é, nos dias de hoje, no Brasil.

Inicialmente, na Idade Média e no Renascimento, o substantivo "crônica" designava um texto de História, que registrava fatos de determinado momento da vida do povo, em geral com o nome de seu governante, o rei ou imperador. (Afinal, sabemos que a História, sobretudo a mais antiga, narrava os fatos do ponto de vista do vencedor.) E – claro! – essas crônicas não apareciam em jornais e revistas: contavam basicamente com os escrivães dos governantes. Assim, temos a *Crônica de Dom João I*, a *Crônica de 1419 de Portugal*.

Esse sentido histórico da palavra pode aparecer, eventualmente, como recurso literário, usado pelo autor para fazer parecer que está escrevendo História. Convido você a conhecer dois belos exemplos disso em obras que já se tornaram clássicos da literatura mundial: a novela *Crônica de uma morte anunciada*, do colombiano Gabriel García Márquez, e o romance *A peste*, do francês Albert Camus.

No Brasil, a crônica nos periódicos veio importada da França, ainda nos meados do século XIX, cultivada por escritores como Machado de Assis, José de Alencar e Raul Pompeia, que escreviam folhetins (romances em capítulos) e crônicas para jornais. E acredite: a crônica era sisuda, nesse tempo, e o folhetim era considerado "superficial", de puro entretenimento.

Como página séria, pequeno ensaio sobre temas políticos, críticas sociais, reflexões, durou por muito tempo, embora, aqui e ali, aparecesse algum traço embrião do(s) estilo(s) da crônica atual.

É a partir da metade do século XX, com autores consagrados, como Vinicius de Moraes, Millôr Fernandes, Otto Lara Resende, entre outros já citados, mas sobretudo com Rubem Braga, que o gênero adquire, definitivamente, uma identidade brasileira, com o uso "mais nacional" da língua portuguesa, e possibilitando liberdade quase absoluta, qualquer recorte que desejar dar-lhe seu autor.

De fato, observados os limites impostos pelo suporte em que aparece, a crônica torna-se um gênero onde cabe tudo –

inclusive outros gêneros: casos, cartas, pequenas cenas teatrais, poemas, prosas poéticas, imitações da Bíblia, diários, etc. Nela, cabem também todas as abordagens, todos os tons, do lírico ou dramático ao mais refinado humor ou escancarado deboche.

Daí, talvez, o encantamento do leitor pela crônica: dificilmente ele não encontrará a forma e o tom literários que prefere.

No caso de Walmir Ayala, ocorre um fato especialmente interessante: o autor, que se considera essencialmente poeta e que escreveu um expressivo número de narrativas, fez da crônica um espaço sobretudo para reflexões, discussões de questões sociais, culturais e políticas, aproximando sua página do conceito de pequeno ensaio: o lirismo e os casos são pouco frequentes, embora apareçam, em alguns momentos, uma nesga de poesia e personagens extremamente simpáticos, em situações divertidas.

Assim, você, leitor, vai ter oportunidade de refletir sobre questões como educação, meio ambiente, adoção de crianças, mas também vai conhecer o que Ayala considera capaz de adoçar nosso cotidiano: pessoas comoventes, por sua simplicidade e pura sabedoria, pequenas surpresas e novidades que iluminam o dia.

Antonieta Cunha

SUMÁRIO

Walmir Ayala: vasta obra para uma vida curta 15

Os simples 19
O visitante noturno 21
Uma lembrança linda 23
Estou solidário com Damião Galdino da Silva 26
Um personagem 28
Meu caro Chico Anysio 30
O museu do lixo 32

O nosso planeta, aqui e agora 35
O tamanduá e sua mãe 37
Os animais amestrados 40
Aqui em casa 42
O milagre da vida 45
Quero comprar uma árvore 47
Floresta de coral 49

Entre letras 51
O coração de plástico 53
Artes e artimanhas 55
Por uma secretária 57

Polêmicas 59
O repentino arroubo 61
Nesta hora delirante 63
Certas áreas da ciência 65
Com a borboleta na lapela 67

Para adoçar a vida 69
O gato está dormindo 71
O bonde na praça 73
O nome da lua 75
Manhã de domingo 77
As novas cores 79
Altamente amor 82

Nossas políticas 85
A corrida do canudo 87
Passei o dia atormentado 89
O ano de 1982 91
A coisa aqui tá preta 93
O ar, a caverna, a água e o fogo 95
Bibliografia 97

WALMIR AYALA:
VASTA OBRA PARA UMA VIDA CURTA

Em 1955, em Porto Alegre, Walmir Félix Ayala, aos 22 anos e financiado pelo pai, publica seu primeiro livro, *Face dispersa*, obviamente de poesia, sua paixão maior e gênero com que ele identifica especialmente sua produção artística. Aos 58 anos, morre no Rio de Janeiro. Assim, entre o seu primeiro e o seu último livro publicados foram 36 anos de vida.

Pois acredite, leitor: nesse período, Ayala publicou mais de 110 obras literárias, em diversos gêneros – poesias, romances, contos, crônicas, diários, peças de teatro para adultos e para crianças, além de narrativas dirigidas ao público infantojuvenil.

Além dessa vasta obra de criação literária, Ayala fez inúmeras traduções e, como pesquisador e crítico de arte, coordenou muitas publicações da maior importância no campo das artes plásticas e organizou vinte antologias de fôlego (às vezes, com parceria de gente do quilate de Manuel Bandeira) de períodos literários ou de grandes poetas, como Gregório de Matos, Fernando Pessoa, Ferreira Gullar e Cecília Meireles.

É uma produção tão impressionante – mais de 160 títulos! – que poderíamos imaginar que fora feita por alguém devotado exclusivamente a essas atividades. No entanto, ao lado de todos esses escritos e pesquisas, Ayala foi assessor do extinto Instituto Nacional do Livro e, depois, redator e produtor da Rádio MEC.

Foi também encarregado, pelo Ministério das Relações Exteriores do Brasil, de várias missões culturais na Itália, no Chile, no Paraguai e no Japão. E, a convite da Inglaterra, dos Estados Unidos e da Alemanha, esteve nesses países, em programas culturais.

Por mais de seis anos, escreveu no *Jornal do Brasil* uma coluna de crítica de arte, enfocando especialmente artes visuais. (Antes, durante quatro anos – e nisso foi pioneiro – escreveu sobre literatura infantil.) Foi colaborador de outros jornais, como *Folha de S.Paulo*, *Correio da Manhã*, *Última Hora*, *O Dia* e *Jornal de Letras*, nos quais colaborou também como crítico de teatro e literatura.

E, se esses números não bastassem, Ayala tem inúmeras obras inéditas, de uma das quais nos valemos para fazer a seleção de crônicas que lhe apresentamos neste livro.

Se teve a curiosidade de olhar a bibliografia do autor apresentada no final deste volume, você pode estar pensando: "Mas grande parte dessa produção é de literatura infantil, e se compõe de obras pouco extensas".

Sobre essa ideia, eventualmente ocorrida, cabem algumas considerações. Em primeiro lugar, a dificuldade e o tempo de criação não podem ser definidos pela extensão da obra. Pense numa crônica ou num soneto (para não citar poemas menores): são criações "menores" que a narrativa infantil mais comum. E ninguém duvida que sejam trabalhosos. Já caiu por terra, há muito, a fantasia de que a obra de arte se cria num passe de mágica, por pura inspiração. (E pode estar embutido naquela ideia certo preconceito que ronda a literatura para crianças e jovens – o de que se trata de uma criação "fácil".) Em segundo lugar, é bom lembrar que vários de seus trabalhos têm mais de um volume.

Enfim, se você já teve a sorte de ler alguma obra de Walmir Ayala, terá percebido que a ligeireza não é uma característica do autor. Ao contrário, sua criação é cuidadosa, até cautelosa na procura da forma e do termo mais adequados.

Não por acaso é premiado com obras de diferentes gêneros. Um dos primeiros foi o de "melhor repórter literário", em 1959. Seu livro de poemas *Cantata* foi ganhador do Grande Prêmio de Poesia da Fundação Cultural de Brasília, quando, no discurso de agradecimento, fez um protesto contra a censura. *A toca da coruja* ganhou o 1º lugar no Concurso de Literatura Infantil do Instituto Nacional do Livro, em 1972. (Obviamente, ele não era, nessa época, assessor do INL.) Em 1979, foi um ensaio seu sobre o artista plástico Vicente do Rego Monteiro que ganhou o prêmio Funarte. E, em 1987, recebeu outro tipo de prêmio: sua obra *A pomba da paz* foi o tema do desfile da escola de samba Portela, no Rio de Janeiro.

Além disso, Ayala tem poemas, contos e ensaios traduzidos para inglês, francês, espanhol, italiano e alemão.

É deste autor versátil e incansável que trazemos para sua leitura uma seleção de crônicas, quase todas inéditas em livro: algumas foram selecionadas ainda pelo próprio Ayala, para uma publicação que teria o título *Floresta de coral*; outras foram selecionadas entre as páginas criadas para leitura na Rádio MEC das quais muitas acabaram sendo posteriormente publicadas na imprensa escrita. Poucas foram extraídas do livro *O desenho da vida*, publicado depois de sua morte.

Como antecipamos na introdução sobre a crônica, ao contrário de muitos de seus contemporâneos, Ayala preferiu fazer desse gênero um espaço para a reflexão sobre temas, às vezes polêmicos, que lhe pareciam importantes, sem nunca deixar de dizer de que lado estava. E, se as questões não estavam resolvidas, sempre havia situações e pequenas coisas que podiam tornar a vida mais doce.

Esperamos estar-lhe propondo o (re)encontro com um autor importante de nossa literatura e com a forma especial que a crônica assume em suas mãos.

OS SIMPLES

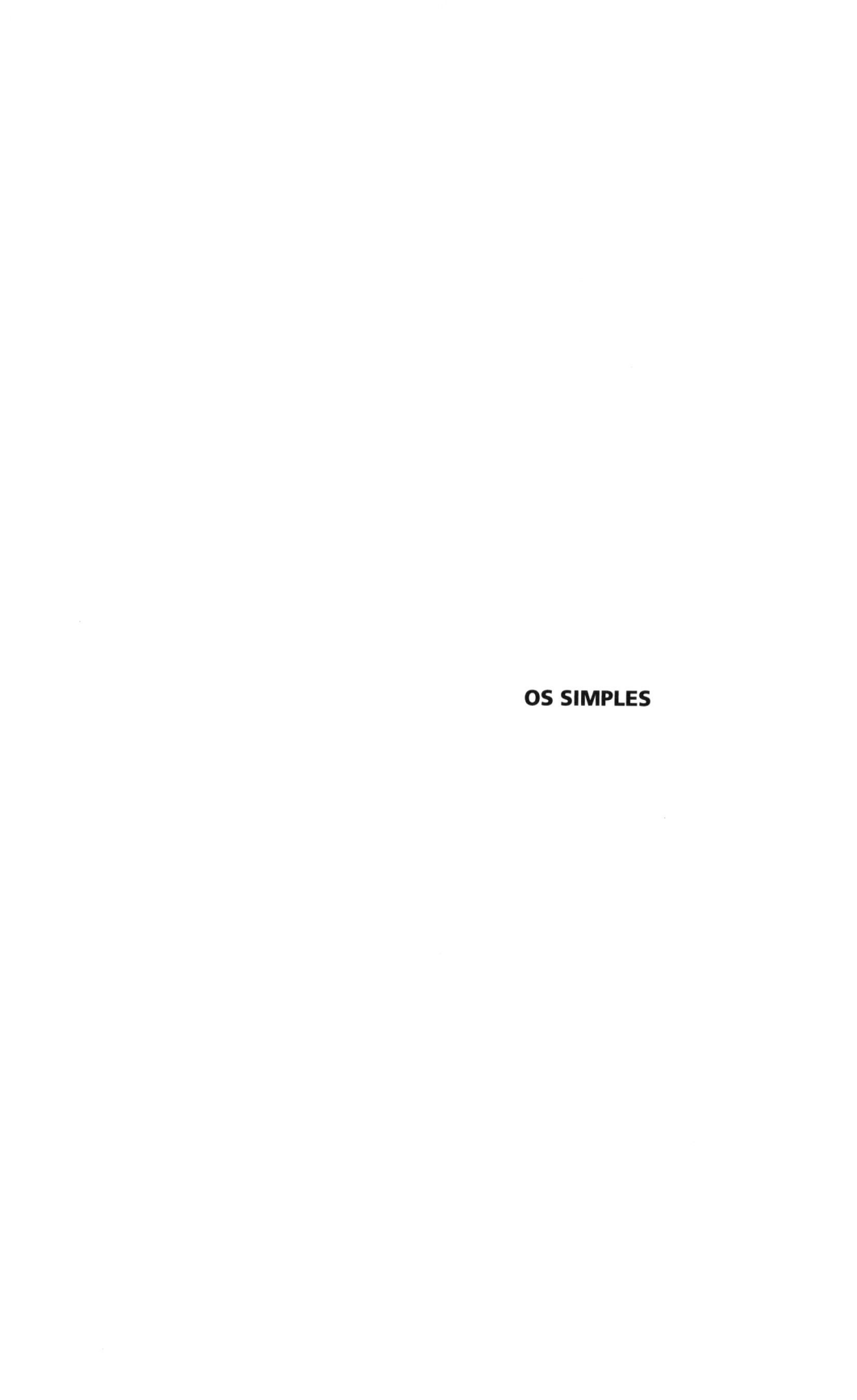

O VISITANTE NOTURNO

Chega a ser natural, apesar do fru-fru da imprensa, o caso ocorrido no palácio de Buckingham, em Londres, quando um súdito inglês, numa operação tranquila, entrou na casa real, dirigiu-se ao quarto da soberana, ainda de madrugada, sentou-se na cama de Elisabeth II e entabulou uma conversa inocente e séria, sintomaticamente inglesa. Fosse uma situação latina e estaríamos na crista do escândalo. Em termos ingleses, tudo correu como uma cerimônia do chá, com espaços justos, serenidade e final absolutamente respeitoso e feliz.

Seria um louco, este visitante noturno? Um apaixonado pela sua rainha? Talvez, se considerarmos que todo o povo inglês é apaixonado pela sua rainha, e isso eu vi com meus próprios olhos. Possivelmente um apaixonado que se achou com o direito de ver de perto, e numa intimidade respeitosa, aquele símbolo de realeza hereditária que faz a glória faustosa e altamente teatral da história inglesa. De qualquer forma é espantosa a ideia que se faz de um estranho sentado na cama da rainha num colóquio formal e quase abstrato, digno de uma cena absurda de Ionesco.

Mas que diálogo teria acontecido realmente entre Elisabeth II e seu súdito invasor? Imaginar, no caso, é mais estimulante. José Carlos Oliveira e Carlos Drummond de Andrade já deram suas versões.

Não quero inventar diálogos imaginários, mas visualizar a fleuma da soberana, puxando até o pescoço o seu edredom de cetim cor de malva, com as finas rendas da possível camisola assomando na fimbria dos punhos, e visivelmente constrangida pela surpresa da visita. Porque uma das imagens permanentes da Rainha da Inglaterra é sua compostura conservadora e digna, o que se reflete em cada detalhe do vestuário, e até dizem que seus vestidos levam pequenos pesos de chumbo na barra da saia, para que não haja perigo do vento, ou um passo mais largo, entremostrar mais do que aquilo que a investidura de uma cabeça coroada pode permitir. Assim, fleumática e racional, a Rainha deve ter entretido seu interlocutor, percebendo de saída sua candura, e entendendo este uso da liberdade, até mesmo de invadir o recinto privado da casa real, o que é um dos traços mais fascinantes e transparentes do regime inglês.

Jamais em minha vida visitei um país mais livre do que a Inglaterra. Chamar de democracia perfeita ao comportamento social do povo inglês, e seu relacionamento com o poder, seria pouco. Londres, quando a visitei, me pareceu uma espécie de cidade santa da liberdade humana. A polícia quase inteiramente desarmada; a fantasia solta pelas ruas; jovens vestidos com velhas roupas de teatro, vendidas no mercado de Portobello Road; mendigos tomando o chá das cinco nas confeitarias mais sofisticadas; toda a literatura licenciosa, política e religiosa do mundo à disposição dos interessados; todos os sons, as roupas, os idiomas; a fruição de viver dos velhos nos grandes parques ensolarados; os banhos dos andarilhos na fonte de Piccadilly Circus; Maria Callas cantando a Tosca no Covent Garden; nos teatros um público variado, do fraque e cartola ao jeans, com pacotes de cerejas comprados numa carrocinha ao lado do teatro.

Lembro-me de uma festa a que fui a convite de um funcionário de nossa Embaixada, numa casa da classe média inglesa. Gente de todas as idades, casais com crianças recém-nascidas, carregadas em cestas confortáveis, e um indivíduo que, num momento determinado, despiu-se para receber, em plena sala da recepção, uma massagem de um famoso guru indiano que estava entre os convidados. Tudo isso sem a menor franja de espanto. Daí eu entender a quase naturalidade com que a rainha e seu súdito trocaram palavras de cortesia e compreensão, naquela madrugada no palácio de Buckingham. E pouco importam as palavras que foram usadas, pois maravilhoso é o equilíbrio, a anulação do escândalo, a manutenção da dignidade mútua, coisas que só a educação forjada sobre a liberdade e a imaginação pode atingir.

UMA LEMBRANÇA LINDA

Uma lembrança linda da minha infância é a de meu pai me cobrindo à noite, antes de dormir, espalhando flite[1] pelo quarto. O calor do verão gaúcho, o quarto modesto, meu pijama de flanela listrada. O sono vindo fácil, e os meus sonhos. A proteção se fazia concreta na presença de meu pai, zelando por mim na entrada da noite. Parecia, ao contrário de tantas crianças que têm medo do escuro, que aquela escuridão que ficava no quarto, depois que meu pai saía e fechava a porta, era abençoada. Então eu sonhava com aquele anão, do tamanho da palma da minha mão, que um dia chegaria ao pé da cama e me convidaria para cuidar dele, para ser seu pai, ou seu amigo maior. No escuro eu imaginava o nariz comprido daquele anão, com uma berruga na ponta. Enquanto o anão não chegava, eu passava horas do entardecer fazendo casinhas de armar com blocos de madeira, e colocando dentro aqueles besouros pretos e inofensivos, que se perdiam cegamente nos labirintos que eu lhes preparava. Meu pai comia melancia ao pé da porta, e nos passava as fatias vermelhas e doces, numa espécie de comunhão vespertina. Minha mãe de criação desfiava saco alvejado, para fazer as franjas das toalhas de rosto, econômicas e bonitas como nunca vi. Ela costurava umas gregas estampadas de morangos ou rosas na barra, e as franjas eram trançadas ou repartidas por nós que formavam um desenho, tudo tão delicado e singelo como o mais puro amor.

Antes de ir deitar eu tomava um copo de leite, ou comia sagu de uva com molho de gemada. Às vezes eu lia um pouco, algumas páginas daqueles livros de histórias que meu pai me comprava todo fim de semana, e que trazia para casa junto com

---

[1] Bomba de flite, nome que se costumava dar ao aparelho que borrifa veneno de inseto. (N.E.)

os gêneros de primeira necessidade. Este foi o primeiro grande mistério de meu pai. Era um homem simples, mecânico de profissão, sem leitura, sem interesse por música ou pintura, no entanto me trazia livros. E foi por este caminho que eu amadureci interiormente. A escolha dos livros não obedeciam a nenhum critério, mas eu acho que, por serem as edições em número tão pequeno, os acertos eram maiores. Eu me alimentava de fantasia, e meu pai inconscientemente me abria um caminho. Mais tarde ele quis fechar este caminho, por medo do risco que eu corria com profissão tão instável. Afinal, eu queria ser poeta. Nem advogado, nem arquiteto, nem médico, mas poeta. E meu pai foi, em parte, responsável por isso.

O livro para mim era como um tesouro, como uma arca repleta de prodígios. Eu lia como que hipnotizado. Depois dos contos de fadas e de bichos falantes, foram as histórias de piratas e de Tarzã, por fim os romances de amor, os folhetins que eram editados semanalmente, e cuja história continuava no próximo número. Lembro-me do cheiro do papel, das ilustrações e da cor envelhecida das páginas. Depois de viciado na leitura, eu gastava tudo o que tinha em livros usados que escolhia num sebo perto da minha casa. Nunca mais fui um leitor como naquele tempo, porque eu não sabia o que era a literatura. Era como beber água quando se tem sede, e eu tinha muita sede. Com o correr do tempo, aquele fervor foi-se transformando. Hoje leio quase que exclusivamente em função das pesquisas e dos escritos que devo realizar. A não ser quando descubro um poema no meio da noite, ou uma frase comovida de um criador diante do enigma de sua criação, então me sinto de novo tocado por aquela vara de condão, e as entidades mágicas invadem minha privacidade em ondas de luz e sonoridade. Lendo, eu via e ouvia – a imaginação construindo verdadeiras vidas paralelas, com tudo o que de material e invisível existe numa vida. Eu olhava para o fundo do poço e via os seres movendo-se, comunicando-se, transformando-se, lutando, vencendo e morrendo.

Não tínhamos televisão, e eu me lembro que a imagem às vezes me assustava. Meu pai teve que me tirar de uma sessão de cinema, com o filme *A Branca de Neve e os sete anões*, pois eu tive medo da Rainha Madrasta, e não suportei ver a frágil Branca de Neve morta em seu esquife de cristal. Tive medo e fascínio, pois me lembro que daí em diante me transformei num aficionado dos filmes de terror.

    Com os livros eu estava protegido, as páginas eram prisões de malefícios, e toda a trama passava para a minha cabeça talvez filtrada por um instinto de defesa. Acho até que eu passava depressa sobre os trechos de maldade, e só queria ver o triunfo do bem. Depois dormia. Era assim, mais ou menos assim, pois muito da verdade daquelas emoções é indescritível, e nem eu mesmo sei onde se alojam, no fundo do meu coração.

ESTOU SOLIDÁRIO COM DAMIÃO GALDINO DA SILVA

Estou solidário com Damião Galdino da Silva, que ofereceu um jegue ao Papa João Paulo II, quando de sua visita ao Brasil, e exige que o presente siga para Roma.

Há uns dez anos, quando de uma saudosa visita que fiz a Teresina, fiquei fascinado por um desses nossos jegues brasileiros e cheguei a acalentar a ideia de trazê-lo para o Rio. Mas onde instalar meu jegue nos espaços tão mesquinhos de minha vida urbana? Ficou o sonho.

É verdade que a raiz deste fascínio pelo jegue está na leitura do livro do escritor-bruxo espanhol Juan Ramón Jiménez, que faz de Platero, um jegue espanhol, o personagem principal de seu poético relato. Mas só quem viu um jegue, só quem tocou em seu lombo veludoso e gris, só quem olhou seu olhar, que é a própria mansidão, pode avaliar a doçura e beleza que nos oferece com sua presença misteriosa e irracional. De tal forma que a irracionalidade começa a ter a qualidade de uma nova dimensão do ser, uma possibilidade silenciosa de alma, transpirando pela forma comovente de um animal inofensivo e serviçal, cujas grandes e sensíveis orelhas parecem sinais de um pensamento. Por tudo isso estou solidário com Damião Galdino.

Será que o Papa João Paulo II viu o jegue que lhe foi oferecido? Teria tido tempo de se deter um minuto sobre o imprevisível presente? Se tivesse, seria o primeiro a exigir o transporte desse quadrúpede brasileiro até os jardins internos do Vaticano, ou de alguma das propriedades pontifícias, onde há de estar espaço adequado para albergar esse ser vivo que é a imagem mesma da humildade e da paz.

Estou ainda com Galdino quando contesta o argumento do núncio apostólico no Brasil, dizendo não haver recursos para o transporte do jegue. Diz o nosso teimoso brasileirinho: "Para fazer e transportar bombas que matam pessoas, há sempre recursos; mas para levar o jumento, como símbolo do amor, da paz e da humildade no coração de todos os homens, não".

Na ingenuidade de Damião Galdino há uma dolorosa ponta de verdade, já que não há o menor prurido de economia quando se trata de estruturar subterraneamente as guerras que nos ameaçam. É verdade que a nunciatura apostólica não tem nada a ver com isso, mas poderia sensibilizar as autoridades competentes a concederem o espaço tão pequeno para um jegue, num avião de transporte, ou num navio de carga, concretizando a ideia de um presente tão oportuno e simbólico. Ainda mais que o jegue está causando problemas a dona Carmina Rocco, pisando os morangos de sua horta e perseguindo sua criação de emas. Damião Galdino, como todo homem perseguido por um ideal, toma atitudes de aparente loucura. Ameaça fazer uma greve de fome até à morte, se o jegue não chegar ao Papa. Acorrentou-se e jogou a chave do cadeado fora para que não impeçam sua penitência. E todos parecem estar empenhados em conduzir por este lado cômodo, o do desequilíbrio mental, o protesto de Damião Galdino. Eu acho que ele teve uma feliz ideia ao oferecer seu jegue ao Papa, acho que sua interpretação da imagem do jegue é perfeita, e acho ainda que ele tem direito de exigir que o presente chegue a seu destino.

Certamente João Paulo II não está sabendo dessa maravilhosa história, pois se soubesse pararia um instante sua vigília santa pelo destino da Polônia, para pedir ao Brasil e ao seu núncio apostólico que façam o jegue atravessar os mares, ou os ares, até chegar a Roma, como uma pura mensagem de amor. A vida de Galdino estaria salva e todos aprenderíamos que as pequenas coisas, as aparentemente mais insignificantes, estão carregadas de sentido, e podem transpassar os desacertos humanos de uma luz especial. Não nos esqueçamos, aliás, que foi um jegue como este que bafejou um providencial calor sobre Jesus Menino, na manjedoura de Belém, e que aquele jegue estava ao lado do Redentor, antes dos reis e dos profetas.

UM PERSONAGEM

É um velhinho gordo, baixo e sorridente. Muitas vezes o vi entrando na repartição pública, com sua maleta 007, e pensei: "Deve ser um funcionário em vésperas de se aposentar". No entanto, muito ativo, com um brilho nos olhos, uma animação correta e contínua. Surpreendi-o tomando o elevador em andares variados, e isso não podia entender. Talvez um representante de alguma firma, ou um vendedor de livros. Eu tinha grande curiosidade a respeito daquela pessoa, perdida em ambientes de trabalho tão monótono e rotineiro, com aquele ar de estar descobrindo sensações imprevisíveis.

Até que um dia ele bateu à minha porta:

– Quer doce?

Eu disse que sim, queria descobrir o mistério daquele personagem, e era chegada a minha oportunidade. Então ele aproximou-se, abriu a maleta 007 e exibiu um mostruário de doces de abóbora e de batata-doce, todos simetricamente organizados, lado a lado, protegidos por finas folhas de papel de seda. Do sorriso do vendedor ao doce, só me restava desfrutar. Comprei um doce de abóbora que, no meu dente, trouxe a lembrança dos doces da infância, dos doces de abóbora banhados numa calda com cal, para ficarem com aquela película sólida por fora, guardando a polpa macia por dentro.

Era aquele o mistério do velhinho da pasta 007, abrindo um rasgo de doçura naqueles corredores gelados, enganando e instigando o público a imaginar que documentos, que processos, que citações ou relatórios carregaria, como intermediário de polos de poder. Seu sorriso contradizia tudo isso, porque no espaço onde haveria os perigosos papéis da burocracia, ele levava doçura, doçura brasileira e familiar, doçura antiga e perene, doçura de levantar memórias e renovar prazeres.

Desde então sempre o recebi e comprei seus doces, como uma pausa na dureza cotidiana. Enfim, toda a violência de um tempo cheio de problemas pode ser momentaneamente anulada por um vendedor de doces. Num instante, enquanto nosso dente trinca a maciez da abóbora ou da batata-doce, esquecemos todo o resto, ainda mais com a alegria sublinhada pelo sorriso do vendedor, como um mágico e humorista, quebrando o gelo da rotina cotidiana, com esta possibilidade permanente de criar paz e cortesia. O que tantas vezes esquecemos.

MEU CARO CHICO ANYSIO

Tenho tentado falar com você e não tenho conseguido. Utilizo este antigo método epistolar para reafirmar a minha admiração pelo artista e pela pessoa que você é. Sua "escolinha" é um dos meus prazeres. Seus atores comediantes, uma surpresa todo o dia, por mais que repitam o comportamento e o caráter. Tenho revisto a minha amada Estelita Bell (porque é que não lhe dão um bom papel no teatro?), e sinto o quanto és o apoio destes velhos comediantes (ela é também uma trágica), e nisso eu te vejo crescer como companheiro que entende da luta.

O mundo está tão mesquinho e pequeno que estas pequenas solidariedades são um alívio. Não me conformo de assistir o desamor, a violência, o despreparo cívico de um povo cada dia mais atormentado, e com razão, mas inconsciente quanto às armas de recuperação de seu destino humano. Sempre pensei que deveríamos detonar uma campanha de solidariedade, de solidariedade nas pequenas coisas, no que é possível. Um simples gesto, um cumprimento, um aceno, em certos momentos, vale muito. A solidariedade inclui a desburocratização em todos os níveis, sem necessidade de ministérios especiais. Antes, digo isto há algumas décadas, era tão comum se ceder o lugar, num ônibus, para uma pessoa de idade ou uma gestante. Hoje isso quase acabou. A cortesia perdeu o sentido. As pessoas não se cumprimentam. Não há manifestação de afeto explícito no dia a dia. E o coração vai se empedernindo. Rimos da desgraça alheia. Contemplamos estupefatos os cadáveres urbanos, vítimas da desatenção ou de rancor acumulado. Os casos escabrosos saltam aos nossos olhos, sem compaixão, como um espetáculo que merecemos.

Tudo isso parece não ter nada a ver com a Escolinha do Professor Raimundo. Mas tem. Tu colocas ali um roteiro de respeito pelo ser humano através do riso, da piada, da anedota sempre inteligente. Aqueles seres inocentes e beócios começam a fazer parte da nossa vida, nos fazem ver com mais carinho os possíveis defeitos alheios. E com certeza reconhecer os nossos. Por isso tudo eu te abraço, eu te saúdo, e a esta bela família que está ao teu lado. Não esqueço de Cícero me mostrando seu quarto e suas preciosidades. Um filho inteiramente teu, sem dúvida. É assim que se semeia.

Rio, 20-3-91

O MUSEU DO LIXO

Não sei se haverá no mundo um museu semelhante a este, cuja notícia me chega inesperada e apaixonadamente numa breve nota do jornal diário. O museu dos garis. Nossos varredores, coletores de lixo, esses abnegados e fortes vasculhadores de detritos, resolveram, inspirados por algum imaginoso líder, selecionar as primícias do lixo e montar com isso um acervo curioso, muitas vezes bizarro e insólito.

Já se falou muito do luxuoso lixo de Nova York, onde se pode encontrar uma televisão em ótimo estado ou um par de botas pouco usado. O de Paris já é mais refinado, contam que uma vez por semana as pessoas deixam à porta das casas todos os objetos considerados supérfluos, e até móveis antigos entram nessa ciranda. Em Porto Alegre havia até pouco tempo uma organização chamada Cidade de Deus, um grande depósito de objetos recolhidos de casa em casa e que eram vendidos em caráter beneficente. Havia bancos de igrejas antigas, pratos de porcelana inglesa, fôrmas de padaria, fogões forrados de azulejo francês, luminárias, brinquedos, velhas balanças, máquinas de costura em desuso, telhas de porcelana, escafandros, etc. Comprava-se, a preço simbólico, aquelas preciosidades tidas como lixo por seus antigos proprietários.

Mas nada disso chega aos pés do nível de sensibilidade e tino cultural dos nossos garis, ao perceberem que no lixo pútrido de cada dia misturavam-se despojos de objetos que possibilitam uma leitura da imagem ambiental da civilização suburbana. Na média mais ou menos *kitsch* desse acervo selecionado, aparecem verdadeiras preciosidades que a falta de intimidade com a qualidade dos estilos reduziu à condição de dejeto. Trata-se de um lixo não luxuoso, mas original, e até precioso, como o trapo de uma toalha de mesa cuja barra de crochê pode testemunhar o requinte artesanal de uma arte em extinção.

Outro dia, no lixo da rua Dois de Dezembro, foi encontrado um quadro antigo de Manoel Santiago, um dos pintores mais valiosos da arte contemporânea brasileira. Infelizmente esse achado não foi de um dos nossos garis museólogos, pois daria uma cor muito especial e invejável ao novo museu.

Por outro lado, os grandes e pomposos museus que manipulam verbas e inventam eventos mirabolantes para convencer um público cada dia mais rarefeito, devem estar intrigados com esse novo conceito expositivo, que tem muito de arqueológico e não se apoia na sofisticação das teorias cada vez mais herméticas e alienantes dos especialistas saturados, mas traz o cheiro e a forma do próprio risco de viver, que é sempre uma proposta de cinzas e sombra sobre o passado, cuja imagem se deteriora no que é material, para ser recuperado na dimensão do espírito e do afeto.

A Comlurb deve a seus garis esse serviço inestimável que de uma certa forma dignifica a profissão, e o que é mais importante, dimensiona noutro sentido a antipática conotação do imposto. A mim já não interessa especular sobre a legalidade da taxa que me cobram mensalmente para a coleta do lixo, pois temos um museu em perspectiva, e esse museu só pode crescer na medida em que esse trabalho cotidiano se consumar com eficiência e segurança. Já não estou pagando por uma simples operação cujo trâmite legal é ambíguo; estou colaborando para o crescimento e a manutenção de um museu que pode valorizar muito o contexto cultural da comunidade. E confesso que, para tanto, o que pago é muito pouco.

O NOSSO PLANETA, AQUI E AGORA

O TAMANDUÁ E SUA MÃE

Hoje eu vou falar de tamanduás. Outro dia encontrei minha amiga Anna Bella Geiger na rua Almirante Tamandaré e perguntei pela família. Ela contou que Nina, sua filha, formou-se em biologia e está nos Estados Unidos pesquisando espécies zoológicas em extinção. Foi acompanhada de um tamanduá – diz Anna Bella. E conta a história: Nina trouxe para casa um tamanduá recém-nascido, minúsculo e carente. Tamanduá é mamífero e se alimenta de formigas quando desmama. Pois Nina inventou uma mamadeira de três bicos e conseguiu manter vivo o tamanduá bebê. Mas isso não é tão fácil como parece. Foram vigílias, observações, consultas técnicas e, acima de tudo, a intuição extraordinária que deve ter uma bióloga por vocação. Intuição e obstinação.

Acontece que o tamanduá vingou, cresceu e transformou-se num espécimen raro de tamanduá, pelo seu tamanho, bem maior do que o comum conhecido. Em casa curtia muito a sua mãe adotiva e era muito desastrado. Sem as percepções e a adaptação dos cachorros e gatos ao espaço humano, o tamanduá movia-se com uma liberdade às vezes desastrosa, mas representava, para todos da casa da Nina, o símbolo de um triunfo da inteligência e da transfusão afetiva.

Mas Nina teve problemas de outra ordem, bem mais práticos e delicados. A alimentação do tamanduá, quando chegasse a época do cardápio das formigas, por exemplo. Como não podia montar um formigueiro no apartamento, ela procedeu a uma pesquisa de balanceamento alimentar, analisando quais os valores nutritivos das formigas e substituindo-os por equivalentes naturais, de forma a suprir o jovem tamanduá de todas as matérias essenciais ao seu perfeito desenvolvimento. Sucesso absoluto.

Nesse tempo Nina correspondeu-se com o Lincoln Park Zoo, de Chicago, contando a evolução de seu trabalho. Da troca de informações veio o convite para um estágio na instituição norte-americana, e o consequente problema do tamanduá, do qual Nina não poderia separar-se ainda. Resolveu levar sua preciosa cobaia, e não foi tarefa fácil. O tamanduá rompeu com uma força inimaginável a gaiola especial que os americanos lhe mandaram. Teve que ser instalado numa gaiola brasileira, menos sofisticada e mais resistente à forte e saudável criatura tupiniquim. Os trâmites burocráticos foram facilmente superados, afinal Nina era uma bióloga, e o tamanduá não é considerado ainda uma espécie em extinção. Eu disse "ainda", pois, como as coisas andam, todas as espécies animais, e mesmo o próprio homem, estarão livremente em fase de extinção.

Hoje Nina e seu tamanduá vivem em Chicago, assistidos e apoiados pelos recursos de um grande centro científico, vivendo uma aventura extraordinária, sem perspectivas materiais, mas com a imbatível estrutura de uma contribuição à causa essencial da vida.

No reverso da moeda está outra história de tamanduá, esta muito triste, e que aconteceu no sítio de Lúcia Basílio, em Araruama. Lá os caseiros, certo dia, mataram um tamanduá em seu hábitat, nas grandes árvores centenárias que rodeiam os pomares. Mataram o tamanduá, como matavam as corujas, os gambás, e todos esses seres livres e desavisados que estão à mercê das mais irresponsáveis depredações. Lúcia me contou o fato, muito contrariada. O menos que lhe pude aconselhar foi uma tentativa de conscientização, desta gente que nasce e vive naquele mesmo espaço biológico e natural, da importância, da beleza e da utilidade dessas presenças inofensivas. O caso do tamanduá ainda é mais grave, pela raridade que a espécie representa na região. Por que matar um tamanduá?, perguntei. Não souberam responder, ingênuos e até certo ponto inocentes. Mas cabe-lhes o despertar da responsabilidade, e isso podemos tramar.

Tive um impacto semelhante quando ouvi do capataz de uma fazenda em Manaus, que na semana anterior havia morto 21 tucanos. Conversei com ele a respeito da maravilha que é um tucano, da beleza gratuita e insuperável que ele representava no espaço nativo, da joia de sua plumagem e de seu excêntrico bico, mais raro do que o adereço do mais poderoso imperador. O homem me ouviu em silêncio e deve ter pensado que eu fosse um louco incurável.

Por isso o caso de Nina me tocou, e resolvi comentá-lo impregnando-me da sua grandeza tão modesta e construtiva. Sinto que as novas gerações estão tomando uma direção inesperada, e que não corresponde ao trágico panorama que atinge um clímax planetário, neste momento. Acredito piamente na recuperação espiritual e moral do mundo, e tudo reside numa simples fórmula, antiga como a terra: o respeito à vida. À vida como um fenômeno extenso e que nos nivela a tudo que respira, que vai dos animais às plantas, e que um dia pode nos revelar, quem sabe, a respiração das pedras e dos minerais. A vida como uma corrente secreta e imprevisível, da qual somos um elo, e com a qual temos um compromisso instintivo. Porque matando, morremos.

OS ANIMAIS AMESTRADOS

Uma das coisas que me entristecem é ver os animais amestrados. Estes pobres macacos de circo que dançam tango, andam de bicicleta, reagem com aplausos e risos aos comandos do instrutor, como brinquedos de corda, sem a mínima consciência do que estão fazendo, senão a obediência a um programado automatismo. Há os leões que saltam aros de fogo, ao estalar dos chicotes, ou que se sentam em altos tamboretes como crianças bem mandadas, mas que recuperam suas raízes selvagens quando um incauto tenta fazer-lhes um carinho e tem um braço devorado. Porque esses animais só conhecem, entendem e ouvem aquelas vozes, aqueles ruídos, aqueles sinais que correspondem a certos impulsos, e cuja associação custa, certamente, longos períodos de instrução, entremeados de punições e prêmios. E as massas humanas, sem refletir, aplaudem esses autômatos de carne e sangue, deslumbradas com a "inteligência" dos irracionais, sem se dar conta de que aquele arremedo de racionalidade é inteiramente artificial.

Acredito que os animais têm uma alma especial e uma inteligência própria. Armas do instinto. Como acredito que o homem, animal racional por excelência, pode se condicionar a um estado de não reflexão que se adapta perfeitamente ao sistema de amestramento, pelo qual podem agir impensadamente e demonstrar habilidades estritamente instintivas.

Estimulo, em meu pequeno mundo doméstico, o relacionamento dos animais com as pessoas. Sempre tivemos animais em casa. Mas nossos cachorros não batem palmas, nem sentam nas patas traseiras esperando comida – eles se instalam no nosso espaço afetivo com naturalidade, e seu instinto as confunde, em muitos momentos, com relances de alta inteligência. Eles nos distinguem, relacionam-se de forma diferente conosco, escolhem aquele a quem amar especialmente, defendem sua família humana e até selecionam certas áreas da casa (o quarto de dormir, por exemplo) como espécie de sacrário que os estranhos não podem profanar.

Outro dia trouxemos um periquito, de uma viagem ao Estado do Espírito Santo, e ele de imediato se afeiçoou a mim, e passou horas empoleirado no meu ombro, bicando-me carinhosamente a orelha e os cabelos. Jamais me ocorreu a ideia de ensiná-lo a falar, o que considero um jogo estúpido, mais para o homem do que para o pobre papagaio ou congênere. Quanto mais o animal estiver livre e próximo de seu protótipo ecológico, mais encanto terá, e mais me interessa.

Do outro lado da moeda, é lamentável quando o homem se expõe publicamente tentando zurrar como um burro, latir como um cachorro, mugir como um boi ou guinchar como um macaco. Esses espetáculos deprimentes, que constituem um desrespeito ao homem e ao animal, equivalem aos falsos prodígios dos circos de luxo que citei no início desta crônica. Diferente disso é aquele misterioso pio com que o homem do sertão amansa a ema que guarda os ovos recém-postos, protegendo a espécie. Por uma misteriosa influência sonora, todo o comportamento do animal se modifica, e ele se afasta do ninho deixando os ovos à mercê do caçador. Esse pio alongado e melífluo atua como hipnotizador, ou como tranquilizante, encaminhando a atenção e o zelo do animal para um ponto abstrato; a área do instinto é invadida de uma fantasia alienante e tudo se torna magicamente fácil para o homem. Nesse jogo de sons e silêncios, nessa troca de posições num tabuleiro silvestre, homem e animal recuperam sua nobreza, sua força interior, e conquistam e abdicam, numa troca de senhas naturais que a teoria não explica.

Sinto que há um limiar da percepção orgânica, no qual as reações animais, racionais ou irracionais se nivelam. Mascarar a projeção desse entendimento paradisíaco, agredir esse equilíbrio encantatório de seres sem uma linguagem comum, mas perfeitamente integrados no universo da criação, e sobretudo mascarar as espécies numa troca artificiosa de atributos e dons naturais, revelam posicionamento sacrílego do homem no reino sobre o qual implantou a supremacia do espírito e da inteligência. Forças essas que ele frequentemente reduz à condição de estupidez e barbarismo.

AQUI EM CASA

Aqui em casa somos uma espécie de sucursal da Sociedade Protetora dos Animais. Não que tenhamos sob a nossa guarda todos os gatos e cachorros da rua, nem as onças mantidas sob ameaça, os pombos e os patos selvagens, e todos estes seres vivos chamados irracionais, que vivem sob a mira dos outros animais, chamados racionais. Temos na verdade apenas um cachorro. Mas já tivemos pomba-rola domesticada, papagaio, gato, e até um tatu salvo das mãos de um grupo de jovens caçadores numa rua de Saquarema. Gustavo, meu filho de criação, de onze anos de idade tem um zelo obsessivo pelos bichos. Uma vez enfrentou quatro meninos maiores que ele, num passeio pelo Jardim Botânico, para salvar um sapo. Apanhou dos meninos que cutucavam o sapo com uma vara pontuda, mas salvou o batráquio. Outra vez, num supermercado, abriu caminho entre caixotes para salvar um pequeno rato encurralado. De outra feita, vendo um filhote sobre uma reserva pré-histórica encontrada numa caverna em pleno mar, revoltou-se com a matança dos dinossauros, pelos protagonistas da aventura, considerando que os invasores estavam deslocados no contexto, enquanto os monstros estavam simplesmente no seu hábitat. Era uma impossível fantasia, mas revelava o espírito de justiça do jovem observador. Em relação a outro filme de ficção dessa natureza, custei a conter-lhe as lágrimas quando me contava uma guerra de homens contra ratos e a amizade de um menino pelo rei dos ratos. O encontro final, desse rato líder, ferido, com seu amigo, e os curativos feitos, não conseguiam ser relatados pelo Gustavo, embargado em soluços de pura revolta. Tentei ponderar que rato, afinal, é um animal nocivo, e que tal piedade não se justificava, mas ele não quis entender meu posicionamento e me encarou desconfiado.

Mas falei que temos um cachorro, e esse cachorro se chama Pirata. É preto e branco, e tem sobre um dos olhos um chumaço de pelo preto, como o tapa-olho de um pirata, daí o nome. Pirata tem um olhar humano, nos ama e protege de qualquer perigo. Não morde, mas espanta os estranhos e não permite que nos perturbem, principalmente em nosso quarto, que para ele é uma espécie de santuário. Se arrumamos as malas para viajar, deita-se ao lado, com o olho comprido, como se pensasse: "Será que vão me levar?". Estou certo que os animais pensam, e quanto ao Pirata, conseguimos até ler seus pensamentos. Se o olhamos, abana o rabo; se pegamos a coleira e a guia, nos salta com uma alegria incontida; se falamos com ele, late em vários tons, e às vezes emite sons agudos como confidências. Muitas vezes, estendido ao nosso lado no sofá, afasto os pelos que lhe caem sobre os olhos, intrigado com aquele brilho, como se fosse uma pessoa que estivesse escondida sob aquela pelagem macia, espreitando o momento de nos fazer entender o mistério de seu disfarce. Tem ciúme de nós, é exclusivista e exigente, nos pede atenção e carinho, como acontece com os humanos, e eu fico pensando o quanto sofreremos quando ele morrer.

Não sou desses que põem os animais acima das pessoas, mas também não os coloco muito abaixo. Outro dia espantei-me de um empregado nosso que tem medo de lagartixa, um medo nervoso e neurótico que eu tentei amenizar. Afinal lagartixa não faz mal nenhum, está sempre galgando paredes, catando seus insetos, com aquele corpo limpo e transparente, como uma joia semovente.

Os sapos também são difíceis de serem compreendidos pela maioria. Suportam as maiores perseguições e sofrimentos. Para nós, são como senhores pesados e pensativos, e tínhamos um, muito grande, em Saquarema, que morava na caixa da bomba d'água, que se deixava acariciar e nos olhava com seu jeito úmido e complacente. Não chegaríamos a tais extremos com as cobras e as aranhas, mas não gostaríamos de sacrificar tais seres, pelo simples exercício do medo compulsivo. As aranhas, aliás, têm trânsito livre no grande cacto de nosso jardim de Saquarema. Estão altas e concentradas em seu labor de tecelãs, e nós não nos esforçamos para alcançá-las, já que elas não descem para nos importunar.

Vivemos assim, com segurança e discrição, um tranquilo relacionamento com os seres irracionais. Respeitamos neles a manifestação de vida que é como um espelho misterioso da nossa. Amamos e observamos o movimento secreto dessas vidas que talvez nos precedam na cronologia da natureza, e não nos sentimos com o direito à depredação e censura sobre a forma como se apresentam e a distância de linguagem com que se afirmam no espaço que nos é comum.

O MILAGRE DA VIDA

Há uma grande corrente espiritual de solidariedade em favor da natureza tantas vezes agredida. Pouco importa o estágio das nossas carências materiais, estamos sempre sujeitos a reconhecer o respeito devido ao ambiente natural no qual fomos integrados ao nascer. Por maior que seja a casualidade desse encontro, do pensamento com as coisas que nos rodeiam, estamos cada dia mais sensibilizados pelas mutações sinistras que nos jogam num desequilíbrio ecológico, e do qual somos vítimas, conscientes ou não. Cada dia mais essa consciência é uma força, e a mínima cooperação do nosso desejo, do nosso medo, do nosso zelo, parece compor-se em cadeia e até motivar os poderosos a pensarem em favor de cada um de nós, pensando numa, até certo ponto, abstrata humanidade.

Soubemos, há poucos dias, de uma decisão internacional de proibir definitivamente a pesca à baleia no mundo todo, a partir de 1985. É uma pena que não seja a partir de hoje, de agora, deste momento. Porque a nossa vida é este momento, e temos o direito de participar de atitudes de tamanha grandeza sob pena de aviltarmos nosso conceito de dignidade humana.

Deixando de lado as baleias, cujo massacre tem sido motivo de muitas das nossas aflições, estamos todos recebendo hoje o impacto da despedida das Sete Quedas, no Paraná. Nunca fui ver as Sete Quedas, mas sabia que em todo o seu esplendor era um espetáculo natural dos mais extraordinários. Sempre que na televisão ou no cinema apareciam aquelas imagens épicas das águas, organizadas em ordens de quedas que se complementavam, rodeadas de uma vegetação genesíaca, fazendo pensar num documento vivo do princípio do mundo, meu coração trepidava. Ainda dispúnhamos de sinais tão eloquentes da energia da Criação; a natureza parecia testemunhar amor ao extravasar com tamanho júbilo, diante dos nossos olhos, seu canto – ao mesmo tempo rugido soberano – assimilando o nosso testemunho. Era para nós que aquelas águas fluíam e se desencadeavam em colunas permanentemente construídas, num prodígio contrário ao da ideia da construção, pois era na queda que as águas se estruturavam e mantinham erguida sua catedral. Quando a hidrelétrica de Itaipu fechou suas comportas, tudo isso foi varrido da face da Terra, numa relação inversa e rápida aos milênios de sobrevivência de um fenômeno cujas raízes se confundem com a própria história da vida no planeta.

Cada um de nós tem o direito de duvidar da ordem prioritária deste sacrifício: uma usina contra as Sete Quedas. Cada um de nós tem o dever de pedir que a imaginação e o engenho humano se perpetuem sem o cometimento de tais agressões, porque ficamos mais pobres, muito mais pobres, quando nos privam das maravilhas que nos antecederam no plano da vida, e que nos limpam a alma e convidam sempre a refletir sobre mistérios que nos gratificam.

Cientistas, poetas, andarilhos, jovens, índios, iniciados, pássaros, pedras, feras e flores reuniram-se ao pé das Sete Quedas, erguendo um canto de despedida e saudação, sufocado pelo clamor das águas que parecia reafirmar a vida, às vésperas de sua agonia. Uma vigília nacional se estabeleceu e temos a bem-aventurança da fé, porque o destino humano há de ser salvo pelo próprio homem, e voltarão as baleias, as catedrais aquáticas, as vitórias-régias, as grandes matas paradisíacas, a fauna e cada joia plumária que corta o nosso céu com a beleza que nenhum imperador sonhou. Acreditamos que tudo voltará, e louvamos a fatalidade dessa ressurreição, para podermos respirar, como neste momento, o milagre da vida, no qual somos uma partícula, e em cuja cadeia justificamos a providência divina.

QUERO COMPRAR UMA ÁRVORE

Na estrada florescem os *flamboyants* e eu quero comprar uma árvore. Se hoje me faltassem todos os outros desejos, me sobraria este, de comprar uma árvore. Com direito a pássaros e brisas da tarde, mas sobretudo uma árvore em flor, para o prazer visual. Os desejos é que nos conservam vivos, disse alguém, e eu passei a prestar atenção nisso. Enquanto desejava alguma coisa, eu me reforçava, eu ia adiante, eu nem pensava na morte. Ultimamente, ter uma árvore é meu maior desejo. Como as árvores não são vendidas isoladamente, eu imagino um terreno pequeno, uma casa modesta, e uma árvore. Bastaria para mim uma árvore de rua, dessas que pertencem à comunidade. Mas que eu pudesse ver e acompanhar durante as estações, com cores e sombras as mais variadas.

Há muitos anos morei numa rua com amendoeiras. Uma delas batia na sacada do meu apartamento, espiando minha vida. De manhã ela trazia uma festa de pássaros e eu acordava em paz, despertado por aqueles ruídos que eram o pulsar da natureza. Durante anos acompanhei a existência daquela árvore, e me maravilhava com as cores de suas folhas. As folhas faziam de flor naquela árvore sem flores, porque iam do verde ao vermelho, eram de repente douradas, ou de um amarelo tênue. Era sempre uma surpresa, e eu gostava de ver a rua coberta do ouro daquelas folhas, em certas fases do ano. Estou certo de que a minha vida ficou melhor com aquela companhia, e acho que vem daí a origem deste desejo de ter uma árvore em flor, como aqueles *flamboyants* da estrada.

Mas, enquanto não posso ter uma árvore inteiramente minha, aprendo a curtir as árvores que passam por mim, ou pelas quais eu passo. E até parece que são minhas todas essas árvores. Com a força do meu coração, sinto que são minhas, porque outra coisa que aprendi é a enriquecer o sentido de propriedade. Tudo o que vejo e amo é meu, sem necessidade da posse, do desgaste que vem na base dos amores vorazes. Assim, me distraio olhando nas vitrines todo aquele apaixonante supérfluo, e me delicio em contemplar e assimilar o instante de sua presença, como uma oferta real. Fico feliz, passo adiante, e muitas vezes digo de mim para mim: "Tal coisa acaba de ser minha e eu nem preciso carregar". É assim, acumular a matéria das coisas é um estorvo na viagem. O bom é andar com um mínimo e participar de tudo, sem mágoa, sem sensação de pobreza, porque pobre é o que tem a alma pequena.

Hoje eu queria comprar uma árvore mas, como disse um chefe indígena norte-americano, há mais de um século, coisas como uma árvore não podem ser compradas, como não se pode comprar o ar, as nuvens e as estrelas. Mas se pode amar tais verdades inalcançáveis, e nesse amor reside o mais perene conceito de propriedade, aquela que ninguém nos tira porque tem as raízes plantadas na terra do coração.

FLORESTA DE CORAL

Entre os ramos intrincados de uma minifloresta de coral, descobri a carcaça intacta, seca, de um crustáceo do tamanho de uma pequena moeda, parente certo dos caranguejos e siris que vemos com frequência nas vitrines das peixarias, raramente na liberdade das águas. Poderia ser uma joia de Caio Mourão, uma versão frágil e materialmente vulnerável daqueles bichos que ele fundia em prata, e dos quais guardo ainda um agressivo besouro.

Mas o sirizinho seco, eu o chamarei assim, parece ter escondido voluntariamente seu despojo, naquele arranjo decorativo que deve ter andado muitas terras até chegar à minha mesa. Quem o descobriu foi uma criança. Olhou, como todos olhamos, aquela estranha árvore coralina e apontou "olha um caranguejo". Duvidei, a princípio. Depois vi, surpreso. "Criança gosta de inventar" – pensando assim perdemos muitas nuances da realidade, tão altos estamos no mirante dos nossos compromissos e temores.

Criança está sempre jogando, e vê coisas, como a carcaça do sirizinho, invisíveis até o momento em que sua curiosa pinça as vai codificando no espaço de um mundo que mistura sabiamente realidade e sonho. Mistura e compõe, para depois decompor se lhe der na telha. E nós, adultos, querendo sempre organizar esses módulos imaginativos, propondo currículos escolares monótonos e inúteis, na dimensão correta da inutilidade, quando os polos de interesse estão exemplarmente deslizando aos olhos menos pragmáticos. Obrigamos uma criança a decorar os nomes das montanhas, e não nos preocupamos em franquear a poesia que existe no conceito circundante, ascensional, fervilhante de vida, da montanha. Na idade muitas vezes mais fértil, implantamos nossas áridas fronteiras, e alguns adultos mais audaciosos chegam a justificar os delírios da adolescência como um sintoma da crise, quando na verdade inventamos essa crise individual e confortavelmente evasiva, para limitar o nosso marionete.

Cada criança é um mundo especial e único, dentro do qual tudo pode acontecer, desde a passagem do apressado coelho, de Alice no País das Maravilhas, consultando seu relógio, até o fascínio sinistro do terror, nos vaticínios bélicos da era tecnológica. Quando não, estamos vertendo neste funil o amálgama indigesto que os pedagogos formulam todo o ano para cada vez mais descaracterizar a inventiva infantil. Então nos descartamos do problema, jogando a criança na cova do leão televisivo, onde a distração vai se enlaçando ao culto da preguiça mental, da imagem sedutora e superficial. Na mesma medida deixamos perder os parques, sacrificamos as árvores, desrespeitamos os bichos. Já repararam como criança gosta de bicho? Talvez porque esses brinquedos vivos não lhes pedem contas de nada, e educam naturalmente, reagindo ao afeto e à hostilidade na exata medida. Também porque o bicho está permanentemente disponível, não como os adultos, e acompanha as mutações de ânimo de seu parceiro humano com uma natureza lúdica sempre renovada. Não falo só dos convencionais bichos domésticos, projetados por muitas gerações para atitudes cordatas de companhia afetiva, ou de neurose de guarda. Tem criança que gosta de jabuti, de tatu, de sapo. Terá medo desses bichos estranhos e incomuns na medida em que absorver nosso instinto exagerado de defesa. Se continuarmos na defensiva sufocante dos alarmes apocalípticos de hoje, as crianças chegarão a ter medo das pedras e dos minerais, principalmente de um botão mecânico e muitas vezes desativado, que carregará a imagem de detonador do Juízo Final.

Aqui está minha floresta de coral, com seu sirizinho dormindo eternamente. Não vou olhar com muita frequência esse mistério, porque de repente essa miniatura original de cemitério marinho estará decifrada, sem sua carcaça esmaltada. Alguma criança terá desfeito o cenário, porque é de sua natureza, também, mudar a posição do mistério.

ENTRE LETRAS

O CORAÇÃO DE PLÁSTICO

Os poetas estão alarmados: estão testando um coração de plástico, e há chance de dar certo. Eles, os poetas, que tanto cantaram o coração, e que tanto exploraram esse músculo bombeador de sangue, interpretando em palavra e ritmo a sua função vital, estão perplexos com a possibilidade de se reformular o espectro de uma possível projeção romântica. Esse operário iluminado do organismo humano atravessa a vida sem repouso. Não como os olhos, amados ou cantados, que se fecham para dormir. Nem como as mãos que repousam, ou se disciplinam em atividades que vão da força ao simples toque. Nem como os pés que pedem e recebem o descanso depois da jornada. Ou como os dentes que têm sua hora útil. Nem como a língua, o nariz, o ouvido, que cumprem tarefas e se desativam agradecidos. O coração não tem férias, nem se aposenta, e só há uma morte realmente comprovada: a de parada cardíaca. Todos os caminhos levam inelutavelmente a isso. Mas com o coração de plástico tudo vira do avesso. E com o aperfeiçoamento técnico será possível trocar de coração, como se troca um disco de embreagem. Gastou, trocou. Então não se morrerá? Pois se só o coração determina o cessamento da vida, viveremos sem membros, sem sentidos, sem razão, sem desejo até, enquanto o coração se mantiver funcionando. Por fim, cansados, teremos que mandar desligar o coração, ou decidiremos, em determinado momento de exaustão de estar vivos, que não se troque nenhuma peça desse renitente órgão que nos obriga a viver. E assim ele enguiçará como qualquer máquina malconservada.

Mas os poetas... Lá está Murilo Mendes transferindo seus ouvidos sensíveis e burilados para o próprio coração, e dizendo: "Temos que atravessar o labirinto / E o coração pesa / Sem ouvir a Flauta mágica". Já o saudoso Manuel Bandeira, que parecia fazer cantar o próprio coração, dizia num soneto: "Até que te surpreenda a carne dolorida / Aquela sensação final de eterno frio, / Abre-te à luz do sol que à alegria convida / E enche-te de canções, ó coração vazio!".

Imagino como deveria ter-se sentido o coração do poeta diante de tal responsabilidade, e lamento a condição robotizada do coração de plástico, infenso a qualquer grito. E tem aquele Epigrama de Cecília que, referindo-se à canção, declara: "Por ela, os homens te conhecerão: / por ela, os tempos versáteis saberão / que o mundo ficou mais belo, ainda que inutilmente, / quando por ele andou teu coração." Para esta grande poeta, na inauguração de sua arte poética, o coração é como que a síntese de todo o sentir, de todo o perceber da própria identidade do ser com o tempo. Como se sentiria o coração de plástico diante de tal responsabilidade? Mas se me perguntassem o que escolheria, morrer ou ter um coração de plástico – eu aceitaria o desafio, mesmo sabendo que não poderia mais falar de coração em meus poemas. Eu sempre preferiria viver, e tem a possibilidade de outro órgão pulsante, e até anômimo, vir a ocupar o lugar daquele que a sobrevida artificializou.

O poeta é um fingidor, disse Fernando Pessoa – deve ser essa licença poética que inventou que o coração se transformasse no catalizador dos versos mais apreciáveis. Com o coração de plástico inserido no contexto, o poeta sente-se no dever de reinventar a poesia, a partir do sobressalente, ou talvez caiba aos robôs, cada dia mais perfeitos, a responsabilidade de cantar o novo coração, adequado a seu sentir mecânico que, nem por isso, deixa de ter suas regras emotivas. Vai ser a vez do coração lubrificado, sujeito aos fungos e recauchutagens. Coração colorido, periodicamente desentupido, insensível aos altos e baixos da pressão arterial. Um coração imortal, feito sob medida para os membros da Academia Brasileira de Letras.

ARTES E ARTIMANHAS

Uma livraria pode ser apenas uma livraria, mas pode ser também um espaço lúdico e mágico, uma espécie de gruta de maravilhas onde os livros se sintam como que integrados a um ambiente prodigioso. Ainda mais em se tratando de uma livraria para crianças.

Artes e Artimanhas é o nome de uma livraria muito especial, tão diferente destas salas onde os livros se perfilam ou empilham, esperando o leitor que como um noivo casual procura com olhos e mãos a sua eleita. A livraria a que me refiro, e onde fui encontrar e conversar com crianças que frequentam suas tardes buliçosas, tem a forma física de um túnel curvo. Na primeira sala, várias prateleiras de brinquedos; ali a decoração faz lembrar uma casinha daquela história de João e Maria, onde morava uma bruxa terrível, mas onde merecia morar uma fada. Pois não era uma casa de chocolate e goiabada? O cenário da primeira sala da livraria Artes e Artimanhas não é de chocolate nem de goiabada, mas tem a doçura visual e imaginária de um encantamento. Lá estão as janelinhas, o telhado de sapê, tudo muito colorido, guardando invisíveis todos os personagens da nossa infância: o João Felpudo, o Saci, o Ursinho com Música na Barriga, o Gato de Botas. Então nós e as crianças folheamos os livros ao nosso alcance, e revivemos velhas emoções, acrescentamos novas, porque estamos no palácio do mágico. Dessa sala passamos por um corredor que dá numa outra sala, esta muito mais excitante. Lá está um estrado sob forma de palco. A decoração de fundo serve para todas as histórias. No chão, uma plateia de esteiras onde os espectadores sentam de pernas cruzadas, como os meditativos, e esperam que aconteça o encantamento. Nas paredes, cartolinas com espaço para quem quiser desenhar, deixar sua marca. Uma moça muito simpática, dessas que as crianças adoram porque têm cara de gente e de bichinho estilizado, ao mesmo tempo, me conta de uma experiência de contar histórias. Leio o nome de Clarice Lispector, relacionado ao seu livro *O coelho pensante*, e indago do resultado. "Maravilhoso", diz ela. "As crianças curtiram demais. Tivemos até mesmo um coelho de verdade convivendo conosco aqui por alguns dias." Esta é uma grande contadora de histórias, pensei, pois transmitiu os enigmas de Clarice, muitas vezes desafiadores até para gente adulta. Ou estarei enganado, e Clarice talvez seja tão cristalina, que só criança terá o dom imediato de fruir sem esforço.

Depois assumi meu posto, naquela tarde, e foi tudo como uma improvisada brincadeira. As crianças queriam incorporar suas entidades favoritas. E um menino de uns sete anos me perguntou perguntando-se: "Sabe que bicho eu queria ser quando morrer?". Arrepiei-me com a colocação, mas estimulei a que respondesse. "Um elefante", disse ele. Logo o irmãozinho dele, possivelmente um ano mais moço, também se manifestou: também queria ser elefante. Uma menina começou a soprar e mostrar as unhas, queria ser gato. Muitas queriam ser passarinhos. Na balbúrdia que se formou com o processo desencadeado, o menino que queria ser elefante acrescentou: "Quando aparecesse o rato, eu subia numa árvore". Confirmava-se aí a famosa teoria do tamanho, que as crianças manipulam a seu bel prazer. Para ele, na ficção enunciada, o elefante teria o tamanho de um rato, e o rato, o tamanho de um elefante, e que importância faz, em termos de fantasia, a limitação do real? Em pouco tempo o tablado estava cheio de gatos, passarinhos, elefantes e cachorros, que se empenhavam numa luta afetiva. Tudo era teatro, e nos sentimos todos gratificados. Ali estava uma lição perfeita sobre a precisão encantatória das crianças: algo insuflado de absoluta liberdade, com muita metamorfose e uma forte dose de teatralidade. Deixamos que a emoção e o exercício se esgotassem. Logo as mães foram recolhendo seus gatinhos, passarinhos e elefantes. Muitos me trouxeram livros para escrever uma dedicatória – estavam felizes e ruidosos. E a livraria Artes e Artimanhas ficou sendo para mim mais um reduto de sonho, um comércio que se iluminava de grandeza humana e solidariedade. As fadas, com roupas bem contemporâneas, comandavam o espetáculo.

POR UMA SECRETÁRIA

Hoje eu tive inveja de Rubem Braga, lendo uma crônica na qual ele falava na eficiência um tanto tumultuária da sua secretária. Uma eficiência mesclada de improviso e imprevisto, ao qual o cronista se entrega com o prazer da surpresa e o indisfarçável gosto de uma administração criativa.

Fiquei pensando que só os deuses me concederiam a secretária que eu mereço. Em primeiro lugar, melhorando a percentagem dos direitos autorais para manter a secretária dos meus sonhos, que eu imagino capaz de se interessar verdadeiramente pela minha vida. Exijo muito, eu sei. A solução seria um casamento, como tantos que conheço, de escritores dados a esse esporte, e que equilibram religiosamente o tálamo e a profissão. Minha vida de escritor não é propriamente desorganizada, mas carece da mão ordeira capaz de classificar tudo o que venho guardando, nem sei bem por quê, mas que resulta no meu folclore pessoal. São cartas, fotografias, bilhetes, documentos, recortes vários, originais, pesquisas iniciadas, catálogos, livros, fichários de endereços. Tudo isso se ramifica em várias subdivisões e só para catalogar os milhares de cartas que tenho recebido em quase trinta anos de diálogo epistolar, já seria tarefa para um ano.

O meu maior medo é de morrer e isso tudo ir para o lixo, pois entre os possíveis herdeiros dessa papelada velha não há, por enquanto, quem saiba distinguir o recibo do leiteiro, de uma carta de Rafael Alberti. Estou certo de que mesmo eu, se organizasse essa papelada, me espantaria de certos documentos desses, como outro dia me emocionei com uma velha carta de Hélio Oiticica, ou com o volume de cartas de minha amiga Maria Ramos, que já partiu.

Minha secretária teria que amar o meu mundo, entendê-lo em sua luz contraditória, teria que pensar comigo, do contrário eu acabaria sendo secretário da secretária que sonhei, pela irreversível necessidade de analisar cada coisa a ser arquivada. Teríamos que criar um sistema de arquivamento, e só isso duraria muito mais que três luas de mel. Depois partir para a limpeza do mato, decidindo pelo mais urgente e vencendo etapas. Se ela fosse uma boa datilógrafa, teria muito trabalho para copiar meus rascunhos, e se fosse perfeita chegaria a decifrar a letra dos meus diários manuscritos, cujos volumes nem eu me animo a organizar, pela dificuldade que encontro em adivinhar o que quis escrever em vários momentos. Teria, como eu, de amar a ópera, para organizar o arquivo com recortes sobre Maria Callas, ou avaliar o meu interesse por Carmen Miranda, para reunir adequadamente o material que venho juntando sobre essa que considero a maior intérprete da música popular brasileira de todos os tempos. E os arquivos? Minha secretária teria que solicitar humildemente uma audiência a Carlos Drummond de Andrade, para aprender no menor tempo possível, para não perturbar o poeta, como é que ele resolve a mecânica desse museu particular. Como tudo o que ele faz, deve ser perfeito e simples.

    Se eu achasse essa secretária, com auxílio dos deuses, estou certo de que nos divertiríamos muito. Seria como reformar uma casa, limpar um jardim, restaurar velhos móveis, construir um canil, plantar uma horta. Não pensem com isso que eu supervalorizo o meu trabalho que nem sei avaliar com justeza. Apenas me ligo à construção da minha vida, à revisão do *décor* circundante. E toda a vida, mesmo a aparentemente mais sem importância, é única e digna deste desenho.

POLÊMICAS

O REPENTINO ARROUBO

O repentino arroubo moral de uma reportagem de televisão, valorizando um ângulo até certo ponto óbvio do problema da adoção, não conseguiu me convencer. Trata-se do especialíssimo caso de adoção de crianças brasileiras por casais estrangeiros. Parece que o simples detalhe da transação internacional projeta sobre o assunto um veneno da clandestinidade. Não consigo aceitar a ideia do tráfico humano, quando está comprovado que estes casais, vindos de Israel e de outras paragens, investem fortunas na esperança transparente de ter, pela adoção, o filho que não puderam ter biologicamente.

Há uma pergunta inquietante: "Por que crianças brasileiras?". Acho que os jornalistas não se lembraram de levantar esse problema. Antes, com voz trêmula e amor-próprio ferido, teceram comentários superficiais sobre um tema de dimensões imprevisíveis. O repórter paranaense investia sobre a jovem mãe acuada, na hora seguinte da entrega do filho, perguntando com dissimulada crueldade: "Você não acha que vai sentir falta de seu filho?". A reticência da jovem, tangida pelo sofrimento e pelo desespero, revelava a falta de certeza quanto a uma resposta justa. Sentiria realmente falta? Ou a renúncia total, não seria, no caso, um ato muito maior de amor, já que ela abria mão do filho, premida pela necessidade, pela fome, pelo desamparo, pelo preconceito. E teremos nós, a sociedade e o poder, meios de resolver esse impasse? Uma coisa é certa: não acredito que estes casais que se empenham na adoção, estejam recolhendo crianças para fazer linguiça. Mas tem um detalhe que parece revoltar mais os jovens repórteres, o fato do intermediário na adoção ser pago pelo trabalho que tem. Se houvesse um meio menos burocrático de resolver o processo, o intermediário seria desnecessário, mas certamente repugna à administração ufanista a resolução de tais trâmites, ainda que se tenha absoluta certeza de que em tese o destino dessas crianças é infinitamente mais promissor do que se permanecessem nas malhas da indigência e mesmo no espaço das instituições de amparo ao chamado "bem-estar do menor".

Já fui testemunha de casos de crianças que morreram nesses orfanatos burocráticos, forrados de desamor e relaxamento. O ideal seria que as crianças brasileiras rejeitadas de lar, desassistidas e abandonadas como pesos incômodos, fossem adotadas por casais brasileiros, mas, na falta desses, que sejam amparados por seja qual for a nacionalidade adotiva, pois não podemos nos dar ao luxo de permitir a proliferação do lixo humano, cuja responsabilidade pesa sobre as nossas cabeças.

Estamos testemunhando a proliferação compulsiva e assustadora de uma superpopulação vegetativa. Outro dia conversei com um operário cearense que tem 32 irmãos e 150 sobrinhos, dos quais apenas 30 produzem e o resto sobrevive quase miseravelmente. Os países superdesenvolvidos analisam e tentam racionalizar esse transbordamento, alguns coagindo os nascimentos em excesso, como na China; outros estimulando o contrário, dosando o efeito da exagerada racionalização, como na Alemanha. No Brasil o assunto paira na boca e na palavra dos comentaristas e nada se faz para resolver humanamente, socialmente, um gravíssimo painel de danos que afetam a vida e a liberdade. Temos pruridos, muitas vezes, de enfrentar objetivamente esse problema emergencial, apoiados em falsas muletas religiosas, para justificar a falta de coragem de ver de frente o vulcão, e conter seu derramamento.

Nas entrelinhas, nos investimos de superioridade para condenar estes casais que atravessam terras e mares, almejando um filho nascido da pobreza e indigência dos ventres desvalidos do nosso povo. Bendito fruto, sim, que está a merecer o calor da nossa solidariedade, sob forma de uma lição concreta e imediata, não de uma evasiva demagógica sob forma de sustentabilidade.

Até segunda ordem, eu respeito a intenção dos estrangeiros que vêm buscar aqui os filhos que a natureza lhes negou. Acredito na boa-fé desses românticos, como não posso deixar de me congratular com a sorte das crianças adotadas, salvas assim da subnutrição e da ignorância. Não vejo nenhum crime nisso e não ignoro os riscos decorrentes. Afinal, viver já é em si muito arriscado.

NESTA HORA DELIRANTE

Nesta hora delirante de comícios, eu gostaria de participar fervorosamente de um em favor dos índios Txucarramães, e de todas as lideranças indígenas que a eles se somaram, para alertar a nação para o grave problema da sobrevivência e do respeito à dignidade dos verdadeiros donos da terra em nosso país. Gostei da palavra do cacique Juruna, discutindo a validade das escrituras, declarando com meridiano bom senso, que escritura não vale nada para índio, proprietário da terra há milênios.

Pensando bem, meus ouvintes, os intrusos somos nós, e nós criamos as leis para nos protegerem. E a Funai parece não acertar o passo com as tribos, não cumprindo aquilo para o que foi criada, ou seja, a proteção dos direitos de seus tutelados. Parece mesmo que os índios estão cansados da tutela desse papaizão cujo paternalismo é repressor, como aliás todo paternalismo convicto e edificante.

Mas de uma coisa os índios se beneficiaram neste contato oficial: adquiriram uma linguagem mais eficiente no trato malicioso e despistador das duvidosas intenções dos brancos. Verificaram o engodo das promessas, a instabilidade dos sorrisos, e as maquiavélicas tramas de reduzir a mentalidade e o direito do silvícola à dimensão da criança. Prova de que os legisladores não entendem também de criança, donas do mundo hoje, e em razão da qual todo o comportamento social, familiar, pedagógico se reformulou.

Quando estive na Europa, há pouco mais de dez anos, o caso do índio brasileiro era um assunto delicado e até vexaminoso para a imagem do nosso país. Dizia-se naquele tempo que os índios do Xingu eram bombardeados, numa dizimação programada em favor dos latifundiários. Para os europeus, essa possibilidade de genocídio era no mínimo bárbara, de uma barbárie indigna de um país civilizado. Depois as coisas melhoraram, principalmente em função de um colegiado de líderes brancos que se empenharam, por conhecimento e senso de justiça, em se solidarizar com os índios sempre que as investidas legais eram capciosas. Somado a isso o levantamento maciço e intenso de alguns antropólogos e etnólogos, no sentido de mostrar a cultura, a arte, a retidão e propriedade de costumes indígenas, e as exposições que documentaram visualmente esse trabalho.

Outro dia um cardiologista famoso me dizia que índio não morre do coração porque não ingere sal nem açúcar. No entanto nós, os pretensos civilizados, acossados violentamente pela mortalidade cardíaca, ingestores de sal e açúcar sem qualquer equilíbrio, é que nos achamos os superiores.

Os Txucarramães e seus irmãos, nossos irmãos, não querem guerra. Pedem a demarcação de suas terras, o que a Funai promete e não viabiliza, embora tenha recursos já liberados para isso. Querem negociar, querem fazer uma festa com os brancos, mas uma festa de respeito, de igualdade. Querem o direito de viver em paz, cumprir seu destino. Em favor disso é que eu gostaria de participar de um comício, e que nos desnudássemos de nossas roupas e de nossa superioridade fictícia, numa comunhão de solidariedade e justiça. Seria um belo comício natural, sem necessidade sequer de atores, palhaços, saltimbancos, trios elétricos, camisetas e faixas. Apenas um apelo para que os responsáveis abdiquem desse jogo triste que se arma no ar, o de levar os índios a uma guerra que eles não desejam, para justificar uma punição injusta e desproporcional, sob o simulacro da defesa. O nosso território é grande demais para que se sonegue o espaço nobre desses que não pretendem construir arranha-céus, nem sambódromos ou maracanãs, mas simplesmente cultuar a vida e a natureza, e possivelmente nos passar algumas das lições milenares de que estamos necessitados. Um comício pelos índios, já.

CERTAS ÁREAS DA CIÊNCIA

Certas áreas da ciência muitas vezes se integram ingenuamente na pauta da cultura inútil, ou da sabedoria inútil. Não entendo, por exemplo, a empolgação da imprensa e do público, em torno da novidade, já não tão nova, de se saber, antes do nascimento, o sexo do filho. Isso não modifica em nada o destino, o sonho e a morte desse ser. É apenas um lance de jogo, uma curiosidade a ser satisfeita em curta antecedência, em torno da qual cientistas gastam seu melhor suor, e revistas e jornais destinam valiosos espaços. A única explicação plausível é no que diz respeito à cor do enxoval. As mães e vovós não correrão risco de preparar roupas azuis para uma menina, ou cor-de-rosa para um menino, embora no tempo do unissex esse detalhe também tenha se tornado inteiramente obsoleto. E, afinal, ainda tem o recurso do amarelo, que atende a todos os sexos.

Essa curiosidade tem uma perspectiva sinistra. É claro que muitos pais gostariam de escolher o sexo de seus filhos e esperam que a ciência, cuja loucura é infinita, lhes propicie isso. É de se pensar na loucura da ciência, a que acabo de me referir. Sendo uma construção humana, a ciência pode vir a padecer das fraquezas humanas. São frequentes, na literatura da ficção científica, os cientistas loucos, a serviço da destruição e do delírio pessoal de poder e grandeza. Não podemos, afinal, desprezar a ficção, quando enfocamos a vida. Já se tornou lugar-comum dizer que a arte imita a vida – e a arte da ciência pode superar qualquer lógica plausível.

Quando nos brindam com a notícia de uma substância atômica nova, que destrói apenas o ser humano, e deixa intactas as paisagens, as casas, os monumentos, tudo o que não é carnal, voltamos a pensar naquele nível de loucura a que pode conduzir a sabedoria descontrolada.

Os povos primitivos pouco se preocuparam com a surpresa sexual dos nascituros. Empenhavam-se, sem esforço, numa educação natural, numa integração do novo ser com o ambiente onde deveria viver, com o sistema de vida a que estava destinado. No mundo que estamos vendo florescer, é comum a alienação com relação à natureza, à grande sabedoria que nos rodeia, projetando sistemas planetários, plantas e vidas invisíveis, do maior ao mais ínfimo, com uma soma de detalhes cuja dimensão nos escapa. Podemos buscar no centro do universo, porque temos consciência e possibilidade de conhecimento de tudo que nos rodeia, mas duvido que esse conhecimento nos seja útil quando desviado de sua rota construtiva.

A luta permanente e subterrânea dos seres mais rasteiros tem sempre a lógica muito digna da sobrevivência, e não se sabe, entre os irracionais, de sinais de extinção provocados pelos impactos vitais que os levam a atacar, a se defender, a se nutrir, a matar e a morrer. Só o homem mata por prazer. Os pais se preocupam mais em saber o sexo dos filhos, e se possível escolhê-lo. Depois, vem a preocupação do ofício rendoso, mais uma vez interferindo no delicado sistema pessoal da vocação. Num mundo competitivo e materialista, passa a valer o que tem armas mais adequadas ao jogo desgastante e calculista. No entanto, a preocupação seria de forjar o caráter construtivo de cada um, fosse qual fosse o caminho almejado. Conversei ontem com uma senhora muito alarmada porque a filha queria ser poeta, ou pelo menos manifestava tendências artísticas. Como é que ela vai viver de poesia?, indagava a mãe. Acho que ninguém pode viver sem poesia, por mais brutalizado que seja. O erro seria colocar a poesia como profissão, quando a adequação de uma estrutura existencial, por mais prática que seja, pode vir iluminada do instinto poético, e render duplamente. Poema, na verdade, não se vende, não tem preço, e por não ter preço vale mais que o ouro dos faraós. Mas a conquista do ouro pode obedecer à clarividência, ao equilíbrio e à riqueza interior que só a poesia pode oferecer.

COM A BORBOLETA NA LAPELA

Preguei a borboleta do Gabeira na lapela e saí por aí. Mas não vou votar no Gabeira. Em quem vou votar? Digamos que estou entre os indecisos, só sei que não vou votar no Gabeira. No entanto, o programa dele é o que mais me comove, mas não voto nele para não desperdiçar um poeta em lidas burocrático/administrativas. Comungo de quase todas as aspirações do Gabeira, da natureza ao digno do homem; sinto em suas palavras a sinceridade e a vocação, por isso chego à conclusão de que ele seria engolido pela máfia dos políticos profissionais, ansiosos de emprego rendoso e gestão gorda. Apesar dos deslizes terroristas desse moço que conheci no *Jornal do Brasil*, aparentemente um tímido em observação, não me convenço de sua capacidade para manipular as marionetes das assessorias, viciadas de hábitos arcaicos que não só fazem o monge, como são a essência feudal desses artífices do poder. Não, não acredito no Gabeira contendo greves, tapando buracos, distribuindo orçamentos, inaugurando pontes. Para mim ele é um irmão de Dersu Uzala, que falava com o fogo e dominava as tempestades. Ele tem mais a ver com Ruschi do que com Napoleão. As florestas esperam sua defesa, e os rios, e os últimos povos indígenas constrangidos no contato de uma civilização encardida. Gabeira tem a ver com a felicidade dos mais pobres, seu discurso é franciscano e enérgico. Não consigo vê-lo embutido nos banquetes diplomáticos, nas cerimônias cívicas, nos apertos de mão insinceros. Por isso não voto no Gabeira, que para mim é o candidato mais expressivo até o momento.

Mas prevejo para ele um futuro mais indiscutível. Seja qual for o salvador da pátria, o monarca da democracia, o paladino da paz e da ordem nacional, seja qual for o unificador das massas, o ponto de equilíbrio do progresso humanizado, vejo Gabeira ao lado, amigo do rei, provedor mais correto das ideias inspiradas, ministro irreversível das energias absolutas, do verde à flama. Imagino um homem como Dilson Funaro investido da presidência, tendo como seu conselheiro mais próximo um jovem como Fernando Gabeira, escrevendo seus discursos, soprando notícias silvestres, desativando usinas nucleares, colaborando na recuperação dos rios e do grande pulmão do mundo, a nossa área amazônica, hoje poluída de patológico enfizema.

Pode ser que muita gente não entenda o que eu estou dizendo, mas eu sei o que estou sentindo. Por isso vou por aí com a borboleta do Gabeira na lapela, lendo e ouvindo seu verbo inspirado, com a certeza de que não vou votar nele, mas com a esperança de vê-lo investido de uma responsabilidade vitalícia não apenas de quatro ou seis anos de coroa. Competirá a ele, hoje e sempre, consagrar as verdades que os altos mandatários não proferem, instalados na reticência e na ambiguidade. Falará o poder pela boca do Gabeira, não como governador, mas como pária, irmão dos párias e andarilhos, dos que estão no transe e no trânsito, dos que esperam sem lenço e sem documento a transparência de um mundo melhor. Deus me livre de ver Gabeira envelhecer sob o mofo da toga, sob os cachos da justiça vesga, contando as moedas do tesouro nacional, que o povo conhece de ouvir falar, mas nunca viu nem desfrutou.

PARA ADOÇAR A VIDA

O GATO ESTÁ DORMINDO

O gato está dormindo sobre a cômoda e curiosamente pousou a cabeça debaixo da proa de uma caravela de madeira, feita por um artista popular de Salvador. A caravela é opaca e ressequida, estiliza o desenho real num arremedo de proporções que logo concretiza o brinquedo. O gato é macio, de um cinza estriado, como o mais comum dos gatos, mas repousa como um ídolo, como aqueles ídolos pachorrentos e bem nutridos que um dia eu vi nos templos japoneses. O gato parece nem respirar, tão profundo e perfeito é seu sono. Algo parecido com a morte, sem o terrífico vazio dos corpos sem alma.

Observo atentamente este gato cujo repouso é divino, e contraponho o outro lado tão humano do animal – sensual, interesseiro, meio agressivo no afeto, desconfiado e dono de si mesmo, mais do que tudo. No entanto, o gato rescende a uma misteriosa espiritualidade, como os ídolos de que falei antes. Passa quase imperceptível pelo nosso espaço, não atropela as coisas, tem o andar macio e cauteloso, é agil como o maior dançarino do mundo, quando trata de se defender do agressor. Não é fácil amar e entender esta espécie; muita gente superficialmente liga sua imagem às nações satânicas. Tampouco é um ser disponível. O gato se impõe – este que agora contemplo e tento desenhar instalou-se na minha vida de forma sub-reptícia e sagaz. Construiu o nosso interesse sobre ele, sobrevivente que foi de uma família felina que a caseira atraiu com leite e sobras de comida. Veio a mãe, porque tinha fome, e a casa estava aberta. Deu cria e sumiu, assustada por um dos nossos cachorros que sustenta o preconceito da velha inimizade entre cão e gato. Da cria, as fêmeas foram dadas a terceiros, e este macho que chamamos de Rufino foi ficando. Aprendeu a sobreviver no ambiente perigoso para ele. Quando o cão tradicional chega, ele se empoleira numa viga que sustenta o telhado da casa e, ainda como um ídolo, assume impassível a sua segurança, enquanto o cão, martirizado de não alcançá-lo, chora e se desgasta em saltos ineficazes. Quando acendo o fogo da lareira de roça, ele se aproxima e namora as chamas. Seus olhos cintilam, esfrega-se nas minhas pernas, e eu pressinto que ele está feliz. Gosto de apalpá-lo, para sentir a natureza de uma estrutura material única. É macio e flexível, entre o sólido e o líquido denso, parece não ter vísceras. Se o contato é desajeitado, projeta as unhas, e é capaz de ferir. Diante do fogo ele se porta como um oficiante. Transpassa as brasas com o olhar, contorna o calor com evidente atração e, no fim da noite, ou no dia seguinte, caminha sobre o borralho, como o personagem da lenda.

Agora acordou. Surpreendi-o me espreitando por detrás do cordame das velas do barco. Enquanto escrevi esta frase ele sumiu, como um fantasma, de tal forma imperceptível que chego a duvidar que tivesse existido realmente. De repente vai se insinuar, quando melhor lhe aprouver, indiferente à minha inquietação. Vai avaliar a área, e se instalar no lugar mais certo. Vai esperar a noite e o fogo, se possível vai se enfiar sob as nossas cobertas, procurando sempre o calor. Então, como coisa morta de tão integralmente embriagado de repouso, curtirá o silêncio desativado da casa. Nossos sonhos, deslizantes na sombra, arrepiarão seu pelo como um toque imantado.

O BONDE NA PRAÇA

As coisas da praça são: menino, soldado, namorado, cachorro, folha de árvore, gangorra, pardal, grama, monumento. Todo mundo sabe disso. Mas todo mundo se espantou quando, num belo dia, surgiu um bonde instalado no meio da praça. Ninguém viu chegar, ninguém sabe como. As crianças, que acreditam no inacreditável, embarcaram e fingiram viajar naquele bonde. O bonde ficou parado e feliz. Não há destino mais justo, para um velho bonde, do que ser pintado de novo e ficar numa praça como um bicho domesticado que lambe as mãos do dono. O velho bonde só faltava ter mãos para ajudar os meninos a subirem nele.

Um dia a notícia correu na praça como o vento. Tem teatro no bonde! No lugar onde ficava o motorneiro, uma moça (ou fada?) instalou um palquinho. A criançada sentou nos bancos como se fosse viajar, e a gente grande ficou de fora, espiando. Apareceu uma história de princesa e de dragões, de ventos mágicos e florestas de espinhos. Depois veio um cangaceiro e um pavão misterioso. Veio bicho do Brasil e outros que nem se imagina, deste e de outros possíveis mundos.

De noite, depois que todo mundo foi embora, o bonde fechou os olhos. Então chegaram algumas pessoas sem destino e se abrigaram nos seus corredores. De manhã cedo chegaram os pardais, os mesmos que se assustaram no primeiro dia em que o bonde apareceu na praça. Agora os pardais já se acostumaram, já conhecem o bonde e sua utilidade pacífica. De repente passa um menino correndo.

– Vamos brincar no bonde?
– Brincar de quê?
– De viajar.
– Para onde?
– Para qualquer lugar.

– Para a terra do fogo.
– Para a ilha de Marajó.
– Quero ir para a ilha do tesouro.
– Então vamos.

Como é que o bonde pode ser tão bonito! Os meninos sentados em seus bancos, sorrindo, crentes de que adiante vai surgir a ilha do tesouro, com piratas e castelos mal-assombrados. De repente a praça é um quintal mágico. A princesa do teatrinho do dia anterior desce misteriosamente e pousa no ombro do menino que dirige a viagem para a ilha do tesouro. Todos aplaudem a nova passageira. Os pardais revoam em torno, pensando que o bonde é uma grande flor, acolhedora e doméstica. Todos chegam afinal à ilha do tesouro, uma ilha que só as crianças veem. Todos consultam mapas e desembainham espadas para enfrentar fantasmas de capitães mortos há muito tempo. O bonde pensa que é uma grande e invencível caravela, tangida pelo vento generoso do mar aberto. Todos cavam e retiram arcas cheias de moedas de ouro. Tudo é possível naquela aventura. O bonde não se moveu, mas é como se tivesse realmente dado a volta ao mundo.

Até que a tarde cai e tudo se repete. Nossos heróis voltam para suas casas, para o sono tranquilo. O bonde recolhe suas asas fantásticas e imaginárias. A noite chega recolhendo os pássaros aos ninhos, instalando sombras entre as árvores, esvaziando a praça como quem deixasse cair o pesado pano de boca de um palco sem personagens. Um bonde numa praça é raro como um sonho, e nos permite muitos sonhos. Aliás, é só ter olhos de acreditar e de esperar, para que a ilusão instale em nossa vida sua maquininha de alegria. E a ilusão é a irmã inseparável da realidade, podem crer. Um bonde numa praça é raro como um sonho, repito. Um sonho que se repete sempre mas nunca é inteiramente compreendido. Amanhã tem outra viagem. Para onde?

O NOME DA LUA

– Sabe como é o nome da lua?
– Não.
– É lua de geleia.
– Quem te disse isto?
– Foi o astronauta.

Falou e correu para o coreto que tem no meio da praça principal de Saquarema. Gustavo tem três anos, por isso não contestei nada do diálogo absurdo, porque a poesia e a verdade do imaginário estão vivas na firmeza com que ele informou o novo conhecimento. Depois galgou os cinco degraus do coreto mal-acabado, apertou botões invisíveis e me convidou:

"Vem comigo, vamos à lua". – Sorri e fui ao encontro dele. Fizemos a viagem silenciosa.

*

Outro dia Gustavo, banhando-se na lagoa, me disse com a voz enternecida:
– A água é tão mansinha, dindo. Passa a mão nela para você ver.

E ele passava a mão na superfície da água, como se passasse no lombo de um cachorro manso. Depois mergulhou como um peixe, iluminado de uma alegria que só a inocência pode ter. A lagoa parecia mesmo um destes animais ultradomesticados que se agacham para que as crianças possam brincar de montaria. Às vezes eu olho a lagoa e penso que ela é como uma babá. Do outro lado fica um mar terrível que o Gustavo ainda não viu. Talvez eu faça mal em evitar que ele encontre o mar, que ele sinta o escuro do terror, a asa do perigo. Afinal, a vida é feita disso também, e na verdade estamos à mercê do perigo máximo da morte, da nossa e das pessoas que amamos.

*

Deixei Gustavo ver o mar. Ele enfrentou as águas tumultuadas com a mesma animação com que mergulha na lagoa plácida. Repito, só a inocência pode mesmo armar a criatura desta naturalidade sobre-humana. A inocência que é uma luz e uma força.

*

Ele tem uma fixação. Quando passamos pelas ruas íngremes de certos bairros do Rio, olha-me nos olhos e diz: – Eu que fiz esta montanha. Vejo ao longe os montes forrados de casebres. As árvores e caminhos tortuosos. Tudo Gustavo diz que é obra sua. Outro dia ouvi de seus lábios a palavra "arquitetura". Eu jamais soprei tais inclinações porque o considero muito no início para pensar em profissão ou vocação, também porque quero que ele tenha a liberdade de ser plenamente o que lhe der na telha. Mas isto, e a atração pelas igrejas, por exemplo, são dados naturais e nítidos em seu coraçãozinho. Pode ser o sinal de uma vocação. Pode ser também uma palavra soprada pelos dias, que ele repete pelo fascínio do som ou do desconhecido, para esquecer amanhã. Não se iludam, ele é muito natural, nada de criança prodígio, muito menos destas que seriam capazes de se exibir ante câmeras de televisão dizendo e fazendo macaquices mais ou menos brilhantes. Gustavo é um menino, plenamente. Com a franja de poesia que a infância autoriza quando são, como ele, tão atentos a tudo o que se passa na vida.

MANHÃ DE DOMINGO

Manhã de domingo. Passou um adolescente pela porta da minha casa em Saquarema e, sem dizer uma palavra, depositou na palma da minha mão quinze pequenas conchas. Tento captar o recado. O jovem não disse uma palavra. Parou diante de mim e estendeu a mão fechada. A princípio não entendi. Ele repetiu o gesto, então precebi que, pela posição da mão, fechada e na horizontal, pretendia passar algo. Estendi a mão aberta, também na horizontal. Então ele sorriu e derramou sua dádiva. Seguiu caminho quase sem ouvir meu agradecimento surdo e surpreso.

Analisei as conchas: eram muito pequenas, do marfim ao branco, com estrias irregulares em cinza escuro. Observando mais, havia em algumas delas desenhos abstratos em sépia clara. Estavam todas hermeticamente fechadas, suportando quem sabe os cadáveres de suas carnes gelatinosas. Mas não tinham o menor sinal de morte, de putrefação. Pareciam mais pedaços de uma joia a ser montada ou pedras decifráveis de um jogo de sorte. Lembrei das palavras de Henriqueta Lisboa, lidas minutos antes: "É que a poesia reside entre o obscuro e o revelado". Vi-me instalado diante do mistério, e só pude pensar na poesia, como medida signo-gráfica para a leitura daquele silêncio. Separei as conchas em duas famílias, as que se mostravam quase inteiramente marfinadas, e as que ostentavam manchas, como sinais telúricos. O que me intrigava era, além da significação secreta da oferta, a impermeabilidade daqueles pequenos objetos que foram vida e espasmo no recesso do mar. Extraídas de seu mundo, mas não violadas, como a urna de algum faraó mumificado, inodora e reticente, as pequenas conchas integravam-se ao meu espaço, e cresciam como dados de um sonho, resistentes e compactas como as nozes.

Por algum tempo joguei com elas, fechando-as na palma da mão, como o início da comunicação, depois dispondo-as sobre a mesa, em duas famílias, e ainda misturando-as, tentando uma leitura mais objetiva. Mas não era essa a leitura que elas suscitavam. Tudo, desde o gesto da oferta até o aleatório daquela provisão silenciosa, arrebatava-me da gratuidade do instante para uma percepção quase iniciática. Quem seria aquele jovem de cujo rosto nem consigo me lembrar agora? Quem me colocará naquela manhã de sol, disponível para a recepção da senha? Lembrei ainda outras palavras de Henriqueta Lisboa: "Não ouso definir especificamente a poesia, embora tenha aventado que ela seria a coação do eterno dentro do efêmero".

Eterna era a obstinação inconsútil com que aquelas conchas passavam, tangidas de morte, para o sobressalto da minha vida. Efêmeras, pois eu poderia violentá-las com qualquer instrumento doméstico, pondo a perder a tensão e o medo. Ousei falar de medo – era assim, um medo luminoso o que me invadia naquele momento, o prodigioso medo da revelação. Nem isso me seria dado, a não ser vigiar aqueles sinais concretos do enigma. Percebi que a grande alegria reside em dançar diante da esfinge, e driblar a devoração.

Desviando o olhar, esfreguei as conchas entre os dedos, como faria um cego. Percebi suas várias dimensões e escutei o ruído que faziam ao chocar-se, como pedras de cristal não lapidado, como contas de um colar partido. O próximo passo? Não sei. Talvez esperar, ou passar adiante a mensagem cuja leitura é tão vaga e patética. Como a música indefinível do poema.

AS NOVAS CORES

Leio numa crônica de modas o nome de uma nova cor: o cinza-nuvem. Nova ou antiquíssima, uma cor que é veludosa e macia na aproximação objetual. É de se pensar em outras cores que andam por aí, impregnadas de tons especiais, e que parecem multiplicar-se em nuances incomparáveis, como aquele amarelo-enxofre, para não falar no rosa choque, no azul-piscina, no verde-musgo, por demais conhecidos do vocabulário quente das ondas avançadas. Há o "degradado vermelho" das folhas agonizantes da amendoeira, num poema de Drummond; em Cecília encontramos os "verdes crespos sossegados", onde se deita a natureza morta; João Cabral registra "o incêndio de ocre" da tarde de Olinda; Mario Quintana adverte que "nas cartas antigas, também o amor amarelece". E por aí vão os poetas inventando cores, para além das já inventadas.

Mas eu não posso me esquecer daquele tom seco de rosa-chá, tão especial quando aderido à seda pura. E o verde-água, a própria transparência e leveza, digno da espuma. O verde, aliás, é uma das cores mais variegadas, multicor ou furta-cor como deve ser a própria esperança que ele simboliza. Temos o verde-garrafa, o verde-alface, o verde-bandeira, o verde-esmeralda, que deve ser a clave mais genuína do verde, por vir das entranhas da terra e do tempo incontável, pulsando friamente no cristal fechado.

Não esqueçamos das cores sofisticadas, como o fúcsia, o magenta, o cádmio, a púrpura, desfilando como damas enchapeladas numa passarela. Saudemos o azul-pavão, luminoso e empavonado, alternando com o azul-real o privilégio dos refletores; e o violeta, que de imediato nos evoca a humildade, e que de referência visual passa a imprimir em nossa memória uma onda de perfume. Não nos esqueçamos de certas cores indefinidas, de transição, como o vermelho-telha, o ferrugem;

de outras cores irremediavelmente condenadas ao mau gosto, como o rosa e o azul-bebê. E o laranja, o abóbora, o amarelo-limão, aos quais poderíamos acrescentar o roxo-berinjela e o indefinível vermelho-beterraba, próximo do sangue. Na mesma linha, aquele vermelho colonial que chamavam de sangue-de-boi, escurecido como os coágulos.

Ao que tudo indica, só o preto e o branco, em seus extremos, seriam cores invariáveis, embora na fotografia e no bom cinema antigo tenhamos testemunhado a riqueza milimétrica de tons que ligam o branco ao preto, e que nos imprimem uma sensação extraordinária de inventar, pela imaginação, toda uma ordem cromática virtual. Lembremos o prestígio dos tons terra, assim chamados pela gradação com que nos conduzem do marfim ao marrom, numa clave sempre seca e baixa. A esse elenco cromático de invariável bom gosto, a natureza respondeu revelando incríveis colorações de terras inconformadas com a tradição.

Os tons terra, no caso, ficaram atrelados a uma visão convencional consagrada pelos pintores acadêmicos, o que não lhes tira as qualidades de equilíbrio e invariável acerto nas aproximações, e mesmo o requinte nas escalas obtidas. Mas o vermelho pode se chamar encarnado ou cenoura, talvez carmim. Os puristas enquadrarão essas designações em compartimentos exatos, torcendo o nariz para esta brincadeira que nos leva a manipular as cores como bolas de equilibrista, ou de aprendiz de equilibrista.

Avançando mais, podemos ousar a criação de cor imaginária, o verde-venusino, por exemplo, ligado à água e à transparência; o azul-arara, ardente como um grito; a negridão da noite, escura como boca de lobo; e o cinza-castor, o cinza-rato, e aquela estranhíssima cor-de-burro-quando-foge, sobre a qual se armaram lendas explicativas e nenhuma o bastante clara em termos de cor.

Da cor imaginária passamos à cor inexistente, criada por Israel Pedrosa, e que, ao contrário do que se imagina, amplia o espectro cromático, pois coloca a cor onde ela realmente não existe, ou seja, acrescenta ao fenômeno da luz uma variante que, de tanto ser científica, tange o poético.

Assim, do existente ao imaginário chegamos ao inexistente. Fechamos o globo de cristal da experiência, e, ao fechar, sondamos o prodígio do sem-fim, pois a cor cinza-nuvem lançada por um desses feiticeiros da moda, quase sempre impossível e jamais vista por nós, pobres mortais, a não ser sob os refletores dos desfiles, essa cor fugidia, informe e carregada de presságios, representa bem a cor transitória do nosso esforço de viver. Em cinza-nuvem passamos, até sempre.

ALTAMENTE AMOR

Madre Teresa de Calcutá apareceu em Beirute. Desceu como um anjo magro e feio, abraçou-se às crianças abandonadas e doentes, saiu pelos caminhos à procura de abrigo. E tudo foi feito como Deus determina para os seus santos. Isso é amor, atentem bem. Todos aqueles que buscam compensações ilusórias de amor nas telenovelas, nas letras dos sambas de fossa, saibam que a imagem de madre Teresa de Calcutá, sofrendo a dor dos inocentes e se comprometendo com elas, é altamente amor.

Em geral as pessoas querem amar, mas não querem se doar, querem tenazmente receber. Quem seria capaz de renunciar por amor? Quem abriria mão da segurança que o amor costuma oferecer e quem recebe, pela segurança interior que o amor dá a quem simplesmente ama? Fácil é a paixão, que incendeia. A paixão que mata fingindo que é amor, mas que no fundo se vinga do amor que não conseguiu ser.

Outro dia eu escrevia a um amigo que vejo muito pouco, e ao qual quero muito bem por suas qualidades humanas, por seu desejo de bondade, pela bondade inata que esse desejo traz. Ele se queixa de ser um amante muito difícil, por exigente, e conta o quanto sofre por isso. Então eu chamei atenção para outros canais de amor, como as nossas cartas, por exemplo. Chorar no ombro do amigo e receber consolo é tanto amor. Querer a saúde de um amigo, esquecer-se um pouco de si para pensar no outro, em termos de caridade ou de calor humano, é puro amor.

Geralmente a juventude não sabe amar, e confunde este sentimento tão raro com o instinto de propriedade sobre o outro, ou de simples prazer carnal. Nisso pode estar o amor, mas o erro é diminuí-lo tanto. "Deus me deu um amor no tempo de madureza", disse o poeta Carlos Drummond de Andrade. Eu acho que Deus sempre nos dá o amor no tempo de madureza, com raríssimas exceções. Mesmo os amores férteis e sólidos que brotam muito cedo, só são fruídos plenamente no tempo de madureza. Tudo o que acontece antes é preparação, é exercício, é adestramento.

Pensemos no amor como uma espécie de óleo luminoso escorrendo sobre o mundo. De repente esse óleo se faz visível no olhar de um cachorro, no fremir de uma planta, na tepidez gratuita de um raio de sol que não programamos. Uma paisagem que se desenrola ao nosso passar, a música que nos massageia os ouvidos, um gesto que nos é solicitado e nos engrandece, tudo isso é provocação de amor.

Os cientistas, os verdadeiros poetas, os mansos de coração, são grandes usinas de amor. Pode-se até entender certos atentados contra o amor, como o suicídio a nível individual, e as guerras, em campo coletivo, mas essas demonstrações de loucura devem ser sempre aquecidas de uma compaixão cauterizadora, que seja capaz de extirpar suas raízes absurdas. Por mais que sonhem os incautos ideológicos, com soluções violentas para injustiças emanadas do poder mal administrado, não serão essas armas que diminuirão a dimensão da chaga, muito pelo contrário.

Ghandi deu sua vida pela paz, em vida ofereceu todos os prazeres sensoriais pela paz, e foi morto pelos exaltados, a favor ou contra a paz. Ghandi foi um santo do amor. E não foi o único, se examinarmos a conturbada história de nosso século que finda coincidentemente com o milênio. Momento terrível, aglutinador de forças e contradições, carregado de energia e grandes acidentes, a que podemos transformar num grande clímax de ressurreição. Basta, talvez, aperfeiçoar o conceito de amor que está aceso em cada um de nós, frágil como a luz de uma vela, e transformar isso num verdadeiro incêndio.

NOSSAS POLÍTICAS

A CORRIDA DO CANUDO

Uma das coisas que mais me preocupam, neste dia a dia atormentado de atribulações, surpresas e conquistas, é o problema do ensino no Brasil. Tenho a meu alcance uma criança de treze anos, inteligente e pouco aplicada, cursando a quinta série do primeiro grau, portanto atrasada. No entanto uma criança que tem seu interesse despertado por vários caminhos, que equilibradamente frequentou concertos, exposições de arte, viajou pelo Brasil e uma vez pela Europa, e que poderia ser classificado como um aluno incompetente. Uma criança que se mostra fascinada quando a tarefa é uma pesquisa sobre a tumba do faraó Tutankamon, mas que não consegue decorar os nomes das montanhas e acidentes geográficos do Brasil, que se mostra rebelde para com o aprendizado de línguas e altamente interessada em redação em português.

Por tudo o que tenho assistido, nessa experiência, cheguei à conclusão que não é esta criança que está errada, mas a escola que ela frequenta. Simplesmente porque sessenta por cento do que lhe é impingido como instrução não lhe interessa e não vai servir para nada o resto da vida. A não ser que esta criança seja levada no futuro a interessar-se por uma carreira de alta matemática, de nada lhe terá servido somar, multiplicar e dividir frações numa idade em que seu interesse se encaminha para a fantasia e a pesquisa espacial. Em vez de obrigar a decorar nomes de rios e montanhas, melhor seria contar a história do homem que viveu nessas regiões, seus costumes e problemas, suas carências e cultura. Através da calamidade da seca do nordeste, por exemplo, fazer um levantamento mais humano e palpitante do nordestino, sua luta com a natureza, e até aventar as soluções possíveis para a abreviação desse calvário. Tomar a vida do rio São Francisco como ponto de partida para o conhecimento empolgante da vida dos rios, seu destino e função, com toda a eletrizante saga de seus percursos e aventuras. Estou certo de que as grandes reportagens expostas no dia a dia dos nossos melhores jornais contêm as grandes lições, e não seria demais conceder a cada aluno a liberdade de escolher o seu tema. Assim uma escola moderna só deveria aprofundar o que fosse de interesse do educando, mantendo talvez duas matérias em currículo mais rígido, português e matemática, e transformando o resto em matéria opcional. "Mas e o vestibular?" – perguntarão. Não deixa de ser um problema. Cabe aos pedagogos, aos formuladores dos novos esquemas de ensino, adaptar também a realidade do vestibular, aos antecedentes do primeiro e do segundo graus. A rigor, vestibular não deveria existir. O certo seria que todo o aluno que chegasse ao fim do segundo grau, com aproveitamento justo, tivesse direito à universidade, e sobretudo estimular os estudantes a enveredarem por outros rumos que não a meia dúzia de alternativas de um doutorado sem emprego.

Acho que as pessoas têm vergonha hoje de aprender marcenaria, por exemplo, ou de lidar com vidros e molduras, de lidar com eletricidade em nível doméstico e imediato. Todos querem ser engenheiros eletrônicos, e o que acontece é que, em pequenas cidades, como Saquarema, onde todas as casas têm uma bomba d'água para encher suas caixas de fornecimento, não se encontra mais do que um ou dois bombeiros especializados, razoavelmente experientes. No entanto são vários os jovens formados em psicologia, direito, professores, etc. É mais fácil achar um bom eletricista numa esquina de Nova York do que nas ruas de Saquarema, onde os poucos privilegiados que conseguem chegar à universidade optam por caminhos utópicos de aplicação inútil.

Há um erro abrangente nessa concepção do ensino, que vem da casa, da tradição e do preconceito, e atinge mesmo as escolas mais bem orientadas, mas invariavelmente quadradas e acadêmicas em seus estilos e espartilhos. Assim os maus alunos proliferam. Estou certo de que eles são simplesmente o produto de uma dissonância gerada no próprio núcleo educacional, onde ensinam o que não interessa a eles, e não interessa por não ter serventia, a não ser a ginástica de manter o fôlego na corrida para alcançar seu canudo. E depois?...

PASSEI O DIA ATORMENTADO

Passei o dia atormentado por aquela imagem estampada na primeira página de um jornal carioca. A imagem de uma mãe brasileira carregando o filho nos braços, ilustrada pela seguinte legenda: "Faltou merenda para Iata, de seis anos, aluno da Escola José do Patrocínio. Sem poder andar, de tanta fome, ele foi para casa no colo da mãe". A chamada era para matéria estampada na sexta página do jornal, onde conferimos que o menino não almoçara nem jantara no dia seguinte.

As expressões das duas vítimas, mãe e filho, eram de patético desvalimento. Se as pernas do filho já não suportavam o peso de um corpo faminto, as pernas da mãe já se mostravam arqueadas, no limiar da queda. E isso não se passou nos confins do sertão, ou na área desértica das caatingas, mas nas ruas de uma das mais importantes cidades do Estado do Rio de Janeiro, a cidade de Campos.

Essa mãe passou com esse filho crucificado nos braços, por ruas populosas, operosas, ladeadas de construções sólidas, com comércio atuante, desfraldando a bandeira da fome para vergonha de toda uma comunidade. Não cogito sequer de apontar culpados, pois da minha oscilante segurança também me sinto culpado, mas não admito tamanha solidão no sofrimento, quando vivida num centro urbano de grande prestígio. É impossível que esta população espectadora não venha para a rua gritar até mover as paredes e as montanhas, em nome de Deus ou da justiça, contra a ignomínia da fome exposta e injusta, uma fome que deteriora, que atrofia e mata. Já não somos plateia impotente de fomes remotas, mas de fomes que nos tocam com sua baba ácida, que arrastam aos nossos pés as franjas malignas de seu cortejo. Como entender a euforia petrolífera de uma cidade como Campos, quando o reverso é tão miserável? E o amor, onde está o amor? Nas imagens soporíferas das novelas alienantes? Na boca dos pregadores teóricos? Nas urnas livrescas dos poetas que se condicionaram à marginalidade para justificar a omissão? Não. O amor deve estar correndo no sangue de cada criatura criado à Imagem e Semelhança da perfeição. Todos nós, os férteis e os estéreis, os prolíferos e os impotentes, temos um compromisso para com os filhos do homem, como teríamos com os nossos filhos.

A imagem de Iata, voltando o rosto naquela impressionante fotografia, joga em nossa direção uma fisionomia triste e mansamente amarga. Manietado pela fome, ele já não luta. Os lábios estão sacramentados num gemido. Nele o Cristo se consuma em renovada paixão e pede o nosso testemunho. E não vejamos o Cristo como um símbolo estritamente religioso, mas de irreversível humanismo. Reafirmo que essa imagem de um dia, na transitoriedade do jornal, é uma imagem que dói, como um espinho na carne impossível de ser extraído sem um compromisso maior. Nem sei qual será o rumo desse compromisso, mas estou certo de que estamos sendo chamados, que já não dormiremos em paz porque a calamidade ronda a nossa porta.

Talvez, por um momento, pensemos melhor antes de colocar no mundo os nossos filhos, tangidos pelo desejo ou pelo prazer momentâneo. Não é justo que paguem esse preço. Depois, ou talvez antes, voltaremos os olhos, o pensamento e a ação, no sentido de salvar os que aí estão, os proprietários do reino, e cujo condomínio se transforma numa saga de martírio. Definitivamente inaceitável é que a fome de Iata seja exposta aos nossos olhos simplesmente como um espetáculo de compaixão.

O ANO DE 1982

O ano de 1982 foi oficialmente dedicado ao velho. Prefiro essa palavra íntima e cheia de nuances, às denominações de ancião ou idoso. Não fiquemos cheios de dedos ao prestar a devida atenção aos nossos velhos, e só é de se lamentar que isso possa ser providência de um ano, quando deveria ser o empenho de todos os dias de nossa vida, e da vida deles.

No Japão eu vi o culto do mais velho, em sua devida dimensão. Lá o mais velho sabe mais, tem mais experiência – o que seria até óbvio lembrar. No Ocidente é que se mantém este comportamento presunçoso da juventude, de que envelhecer é perder a noção da liberalidade. Se a maioria dos nossos velhos pode merecer essa censura, é porque a juventude deles também foi marcada por repressão e falta de respeito. Mas os tempos mudaram, e hoje, desde a infância, está evidente a tendência de tratar o ser humano não como um objeto dependente, o que os extremos da vida – exatamente a infância e a juventude – têm se prestado frequentemente a exemplificar. A atenção para com o velho, nos obriga a uma retrospectiva de reflexão sobre a própria existência. Para muitos pretensos jovens, o velho é simplesmente um peso. E muitos velhos se conscientizam erroneamente disso, e renunciam à vida, entregando-se à morte ou simplesmente silenciando autopunitivamente.

O velho não nos deve merecer piedade, como o enfermo, e posso testemunhar que as pessoas mais importantes da minha vida ultrapassaram hoje a casa dos 70 anos. São pessoas que se orgulham da idade que têm, com a sabedoria que têm, e que certamente lamentam o declínio, mas raramente demonstram, e se preocupam mais em viver, em ainda se renovar. Lembro de Grauben, que começou a pintar com 70 anos e morreu com 81, já pintora famosa. E Maria Helena Cardoso, lançando seu primeiro livro com 64 anos, e que nem precisava transformar-se em escritora para ser tão imprescindível a tantas vidas menores e jovens que a rodeiam. Lembro da sabedoria, da coragem, da lucidez de Cora Coralina, de Goiás, poetisa e doceira beirando os noventa anos, e cujo testemunho deveria ser levado à juventude brasileira, como um exemplo exatamente de vida. E não citarei só mulheres, lembro os nomes de Alceu Amoroso Lima, Carlos Drummond de Andrade, Mario Quintana, Dyonélio Machado, Gilberto Freyre, e muitos, muitos outros que poderiam ser apontados em todos os setores, como seres portadores de luz numa hora sombria. O que terá acontecido com esses velhos, portadores de uma superjuventude espiritual e sendo, na verdade, os suportes da nossa contraditória civilização? Esses, e dezenas de outros, deveriam ser chamados neste ano dedicado aos que viveram muito, mas não o bastante, para nós que vigiamos, gratificados, sua sólida passagem. Seria uma compensação da tolerância com que certamente vão se armar os supostos jovens, ao acariciar uma cabeça branca, ou ajudar na travessia de uma rua, a algum oscilante velho colocado à mercê da motivada solidariedade. É verdade que a maioria dos velhos, por motivos diversos, são seres carentes. Mas, mesmo enfocados sob essa condição, podem ser detonadores da urgente consciência coletiva do amor ao próximo que é, finalmente, uma educação para o amor. O ano dedicado ao velho poderá vir a ser o ano do florescimento do amor, de um amor difícil, por isso mesmo mais valioso, mais concreto. Será um ano de educação dos mais moços, em benefício de sua própria estrutura interior, e consequentemente da sua inevitável velhice.

A COISA AQUI TÁ PRETA

Segunda-feira. Compro o jornal da manhã, cada vez mais caro, e cada vez mais magro. O que nos cobram para viver é muito mais do que nos pagam. Só a respiração, por enquanto, corre leve e gratuita, por isso passo pelos caminhos olhando atentamente as paisagens e as coisas. E vejo coisas que muitos não veem, como aquela carcaça de um fusca azul-celeste, deixado num pasto em meio a um rebanho de gado gordo e branco. Penso num conto de fadas, eis aí uma ideia e talvez o escreva um dia. O que seria do homem contemporâneo se não fossem os contos de fadas? Então entendo o sucesso do ET, o monstrinho extraterrestre que se infiltra numa história de amor e prodígios que leva todo mundo às lágrimas.

O jornal, em sua parte mais prosaica, é uma avalanche de cobranças políticas. Os eleitos têm que pagar aos seus cabos eleitorais, àqueles que paralelamente os arrastaram à vitória pela natureza vinculada de seus próprios votos. O governador Leonel Brizola quer fazer um mutirão de limpeza da cidade no dia de sua posse. Podia chamar a deputada Sandra Cavalcanti, cujo slogan de campanha era exatamente o de "arrumar a casa". E não está longe essa nova fusão de antigos desafetos, pelo que se vê do vai e vem das conversações de bastidores.

No Alto da Boa Vista, um casarão, tombado pelo Patrimônio Histórico e Artístico, tem seu real tombamento feito pelo vento, que não entende da terminologia técnica dos burocratas e resolveu tombar o que já estava legalmente tombado. Se o vento soubesse que "tombar", no caso de patrimônio, é exatamente conservar, restaurar, refazer à maneira original. Mas o vento entende mais de português canônico, no dizer de mestre Antonio Houaiss, e executou o tombamento como mandam o dicionário e o bom senso.

O carnaval está aí à porta, com cara de pobre. Menos para os inquilinos dos camarotes da Sapucaí. Mas o carnaval ramificado promete ser uma festa gloriosa do "sujo", esse folião com mais imaginação do que recursos e que invade as ruas com a sua irreverência e criatividade. Em Saquarema, por exemplo, os blocos estão à míngua. Alguns nem fizeram o tradicional concurso de samba, e desistiram de defender enredos complicados. O reco-reco, o mais importante da cidade, vai numa de respeitar as cores da agremiação, o vermelho e branco, e cada um funciona na base do salve-se quem puder. O importante é haver carnaval, e haverá.

Uma notícia triste: Mario Quintana, o grande poeta gaúcho, está muito doente. Os médicos fazem diagnósticos alarmantes e a gente segura, com o afeto que deve a Quintana, essa barra aflitiva. Uma notícia também assustadora: os alemães descobriram livros de Kafka. No mundo tão kafkiano em que vivemos, se esses livros aprofundarem as sinistras profecias do escritor, poderemos virar pelo avesso. Mas há a esperança de que os novos livros tragam soluções para o novelo kafkiano com que batizaram o nosso dia a dia conturbado.

Os defensores do seriado lamentável "Bandidos da Falange", levado ao ar na televisão, e transformando o banditismo em heroísmo e lição estimulante para novas gangues, terão que rebolar para explicar por que combatem a violência dos enlatados americanos. Violência por violência, o seriado tupiniquim é um primor e leva um Oscar de vantagem. Sobretudo por ser tecnicamente impecável. Mas e o conteúdo, minha gente!

Assim começa a semana. Salto da violência para a visão do volkswagen azul-celeste no meio da boiada. Amanhã vou à Bahia e visito o Senhor do Bonfim. Peço a ele alguma coisa por nós todos, pois, como diz muito bem o Chico Buarque, "a coisa aqui tá preta".

O AR, A CAVERNA, A ÁGUA E O FOGO

O ar, a caverna, a água, o fogo, o pão, a carne e a pele do bisonte, são as únicas coisas que não são supérfluas para a sobrevivência do homem, daí o perigo das taxações sobre o supérfluo, porque podem nos levar inexoravelmente para a Idade da Pedra. Tudo o que a ciência e o progresso acrescentaram ao mínimo indispensável à vida, pode vir a ser considerado supérfluo. O que não quer dizer que a grande maioria, de baixo poder aquisitivo, venha a ter esse mínimo a custo inferior ao da taxação atual. Os remédios, por exemplo, não podem ser considerados supérfluos, mas têm o preço de artigo de luxo. Mais uma vez recorremos à imagem pré-histórica: temos que nos socorrer nas ervas, nas simpatias, nos medicamentos caseiros, nas benzedeiras, já que a indústria da medicina é das mais caras que conhecemos. Passemos aos dentistas, só nos resta deixar perder os dentes, como coisa supérflua, pois um tratamento dentário cabe em muito poucos rendimentos. Vejamos o ensino pago, há muito que tem preço de artigo supérfluo. As mensalidades, o livro didático, os reajustes, os uniformes, tudo engolindo boa parte dos recursos domésticos e obrigando os pais a acabar encarando tais encargos como supérfluos, já que se mostram proibitivos. A escola pública, por sua vez, não assimila toda a clientela disponível de alunos, e só nos resta alfabetizar nossos filhos em casa, ou ensinar-lhes uma nova saída, como a de Robinson Crusoé, reconstruindo a vida do nada tecnológico, ou seja, de tudo o que é natural.

A preço de supérfluo nos chega tudo o que é tocado pela mão sinistra do chamado atravessador, já que o produtor vende barato e nós estamos condenados a pagar caro. O atravessador considera, certamente, artigos como o feijão, o trigo, a batata, os ovos, a cebola, o alho, as verduras e os cereais, a carne e as aves, como supérfluos. Apesar disso ninguém consegue pôr a mão no atravessador, e todo mundo sabe que ele existe e os estragos que faz. Chega a pouco mais de uma centena a lista dos supérfluos na qual estão os cigarros, bebidas alcoólicas, pneus e outras mercadorias de largo consumo popular. Entre eles alguns artigos que só uma minoria pode consumir, como o champanha, o caviar e os perfumes. Acontece que essa minoria pouco se preocupa com tais taxações, pois sempre terá meios de garantir seu uísque escocês e seu perfume francês. Os consumidores de cerveja é que estão chiando, e lhes creditamos razão.

Mas vá lá que se admita a taxação dos 100 ou 150 itens do supérfluo, perguntamos: e o que não é considerado supérfluo se beneficiará de taxação inversa, atingindo um nível mais justo numa hora aflitiva? Baixará o custo do ensino pago, dos remédios, dos gêneros de primeira necessidade? Ou deixará a triste maioria dos desfavorecidos olhando esses benefícios necessários como coisa a ser considerada supérflua, já que inatingível.

Sem dentes, sem saúde e subnutridos, só nos resta a caverna, a nudez, o chá, a pesca e a caça, enquanto as poluições nos permitem desfrutar da natureza como fonte de vida. Enquanto os poluidores não extinguem a fauna, a flora, os rios e as montanhas como coisa supérflua e condenada.

O melhor seria não taxar os supérfluos, mas criar uma lei de redução dos preços do que deve ser considerado necessário, e indispensável, pedindo contas à indústria farmacêutica, aos donos de ensino pago, aos médicos e aos dentistas, aos editores do livro didático, sobre a razão de suas taxas de custo, e qual a proporção de seus lucros. Talvez tivéssemos algumas respostas conclusivas se mergulhássemos no assunto. Isso antes de tomarmos nossa jangada em direção à ilha de Robinson Crusoé, onde nada é supérfluo. A menos que nos tirem antes a jangada, por supérflua.

BIBLIOGRAFIA
(Dados da primeira edição de cada livro)

POESIA

Face dispersa. Porto Alegre: edição do autor, 1955.

Este sorrir, a morte. Rio de Janeiro: Organização Simões, 1957.

O edifício e o verbo. Rio de Janeiro: Livraria São José, 1961.

Cantata. Rio de Janeiro: GRD, 1966.

Poemas da paixão. Rio de Janeiro: Orfeu, 1967.

Questionário. Alegrete: Cadernos do Extremo Sul, 1967.

Cangaço vida paixão norte morte. Rio de Janeiro: Edições Cabuçu, 1972.

Natureza viva. Rio de Janeiro: Cátedra, 1973.

A pedra iluminada. Rio de Janeiro: Pallas; Brasília: INL, 1976.

Memória de Alcântara. São Luís: Sioge, 1979.

Estado de choque. São Paulo/Brasília: Massao Ohno/Parnaso, 1980.

Águas como espadas. São Paulo: LR, 1983.

Os reinos e as vestes. Rio de Janeiro: Nova Fronteira, 1986.

A viagem. Rio de Janeiro: Bem-te-vi, 2011.

ANTOLOGIA E REUNIÃO DE OBRA POÉTICA

Antologia poética. Rio de Janeiro: Leitura, 1965.

Poesia revisada. Rio de Janeiro: Instituto Nacional do Livro/Gráfica Olímpica, 1972.

Melhores poemas – Walmir Ayala. São Paulo: Global, 2008.

ROMANCE

À beira do corpo. Rio de Janeiro: Letras e Artes, 1964.

Um animal de Deus. Rio de Janeiro: Lidador, 1967.

A nova terra. Rio de Janeiro: Record, 1980.

Partilha de sombra. Porto Alegre: Globo, 1981.
A selva escura. Rio de Janeiro: Atheneu Cultura, 1990.
As ostras estão morrendo. Belo Horizonte: Leitura, 2007.

CONTO

Ponte sobre o rio escuro. Rio de Janeiro: Expressão e Cultura, 1974.
O anoitecer de Vênus. Rio de Janeiro: Record, 1998.
Melhores contos – Walmir Ayala. São Paulo: Global, 2011.

CRÔNICA

Diário de bolso. Brasília: Ebrasa, 1970.
O desenho da vida. Rio de Janeiro: Calibán, 2009.

DIÁRIO

Difícil é o reino (I). Rio de Janeiro: GRD, 1962.
O visível amor (II). Rio de Janeiro: José Álvaro, 1963.
A fuga do arcanjo (III). Rio de Janeiro: Brasília Rio, 1976.

TEATRO

Sarça ardente. Porto Alegre: Teatro Universitário, 1959.
Quatro peças em um ato. Rio de Janeiro: Serviço Nacional de Teatro, 1961.
Chico Rei/A Salamanca do Jarau. Rio de Janeiro: Civilização Brasileira, 1965.
Nosso filho vai ser mãe/Quem matou Caim? Rio de Janeiro: Letras e Artes, 1965.

TEATRO INFANTIL

Peripécias na lua. Rio de Janeiro: Imprensa Nacional, 1959.

Teatro infantil. Rio de Janeiro: Letras e Artes, 1965.

A bela e a fera/O galo de Belém. Belo Horizonte: Villa Rica, 1994.

O circo da alegria/A aranha cartomante. Belo Horizonte: Villa Rica, 1994.

A bruxa dos espinheiros/A sereia de prata. Belo Horizonte: Villa Rica, 1994.

A onça de asas/ O casamento de Dona Baratinha. Belo Horizonte: Villa Rica, 1994.

Peripécias na lua/A semente mágica. Belo Horizonte: Villa Rica, 1994.

LITERATURA INFANTIL

O canário e o manequim. Rio de Janeiro: J. Ozon, 1961.

O menino que amava os trens. Rio de Janeiro: Ministério dos Transportes, 1970.

Histórias dos índios do Brasil. Rio de Janeiro: Brughera, 1971.

A toca da coruja. São Paulo: Lisa Livros Irradiantes; Brasília: INL, 1973.

Moça lua. Porto Alegre: Bels, 1974.

A pomba da paz. São Paulo: Melhoramentos; Brasília: INL, 1974.

A estrela e a sereiazinha. Porto Alegre: Garatuja/IEL; Brasília: INL/MEC, 1976.

Guita no jardim. São Paulo: Melhoramentos, 1980.

O azulão e o sol. São Paulo: Melhoramentos, 1980.

Aventuras do ABC. São Paulo: Melhoramentos, 1981.

O burrinho e a água. São Paulo: Melhoramentos, 1982.

Era uma vez uma menina. São Paulo: Berlendis & Vertecchia, 1982.

A lua dos coelhos amarelos. Porto Alegre: Feplan, 1983

A bruxa malvada que virou borboleta. Porto Alegre: Mercado Aberto,1983.

O elefante verde. Porto Alegre: L&PM, 1984.
O futebol do rei leão. Rio de Janeiro: Nova Fronteira, 1984.
O jacaré cosmonauta. São Paulo: FTD, 1984.
A fonte luminosa. São Paulo: FTD, 1984.
A história do centaurinho. Porto Alegre: Kuarup, 1985.
A história da tartaruga Anita. Rio de Janeiro: Nórdica, 1985.
Assombrações da formiga Meia-Noite. Natal: Nossa, 1985.
O forasteiro. São Paulo: Berlendis & Vertecchia, 1986.
O carnaval do jabuti. São Paulo: Moderna, 1988.
O mapa do tesouro. São Paulo: FTD, 1988.
O borbofante. Belo Horizonte: Villa Rica, 1991.
Orelhas de burro. Rio de Janeiro: Ao Livro Técnico, 1991.
Dedo-de-rato. Porto Alegre: L&PM, 1991.
O país do nim. Belo Horizonte: Villa Rica, 1992.
A história do pente azul. Belo Horizonte: Villa Rica, 1992.
História de Natal. Belo Horizonte: Villa Rica, 1992.
O Estregalo. Belo Horizonte: Villa Rica, 1992.
A chegada dos reis. Belo Horizonte: Villa Rica, 1992.
A árvore do Saci. Belo Horizonte: Villa Rica, 1992.
Sonho de Ano Novo. Belo Horizonte: Villa Rica, 1992.
O dia dos coelhinhos. Belo Horizonte: Villa Rica, 1992.
O gato azul. Belo Horizonte: Villa Rica, 1993.
O menino e o passarinho. Belo Horizonte: Villa Rica, 1993.
O sabiá vaidoso. Belo Horizonte: Villa Rica, 1993.
O príncipe impossível. Belo Horizonte: Villa Rica, 1993.
O peixinho Tororó. Belo Horizonte: Villa Rica, 1993.
A guerra dentro da árvore. Belo Horizonte: Villa Rica, 1993.
Histórias da criação. Rio de Janeiro: Memórias Futuras, 1993.
O coelho Miraflores. Rio de Janeiro: José Olympio: 1993.
A onça e a coelha. Rio de Janeiro: Ao Livro Técnico, 1993.

O nome da árvore. Rio de Janeiro: Ao Livro Técnico, 1994.
O coelho vai à fonte. Rio de Janeiro: Ao Livro Técnico, 1994.
A lenda do bem-te-vi. Belo Horizonte: Villa Rica, 1994.
O unicórnio na terra dos cinco sentidos. Belo Horizonte: Villa Rica, 1994.
O mosquito concertista. Rio de Janeiro: Ao Livro Técnico, 1994.
A grande chuva. Belo Horizonte: Villa Rica, 1999.
Passeio de Nossa Senhora. Belo Horizonte: Villa Rica, 1999.
O cavalo encantado. Belo Horizonte: Villa Rica, 1999.
A cobra da cidade morta. Belo Horizonte: Villa Rica, 1999.
A história do Urutau. Belo Horizonte: Villa Rica, 1999.
O joão-de-barro. Belo Horizonte: Villa Rica, 1999.
O cervo dourado. Belo Horizonte: Villa Rica, 1999.
A onça e o tamanduá. Belo Horizonte: Villa Rica, 1999.
O índio curioso. Belo Horizonte: Villa Rica, 1999.
A festa no céu. Belo Horizonte: Villa Rica, 1999.
A história da Boiguaçu. Belo Horizonte: Villa Rica, 1999.
A lenda do primeiro gaúcho. Belo Horizonte: Villa Rica, 1999.
A história do milho. Belo Horizonte: Villa Rica, 1999.
Escada de flechas. Belo Horizonte: Villa Rica, 1999.
A vitória-régia e o beija-flor. Belo Horizonte: Villa Rica, 1999.
O mistério do país dos Zuris. Belo Horizonte: Formato, 2000.
A aranha e a raposa. Curitiba: Criar, 2002.
Onde vive o arco-íris. Belo Horizonte: Leitura, 2011.
Vamos brincar de rima? São Paulo: B4 Editores, 2014.
Aventuras do índio Poti na floresta do Brasil: o dragão chinês. São Paulo: B4 Editores, 2014.

ENSAIO

A criação plástica em questão. Rio de Janeiro: Vozes, 1970.
O Brasil por seus artistas. Brasília: Ministério da Educação e Cultura, 1979. (Edições bilíngues: português/inglês e francês/inglês)

Vicente inventor. Rio de Janeiro: Record/Funarte, 1980.

Joias da arte sacra brasileira. Rio de Janeiro: Colorama, 1981.

Vamos salvar este salão? Rio de Janeiro: Cultura Contemporânea, 1982.

Arte brasileira. Rio de Janeiro: Colorama, 1985.

Luiz Verri. Rio de Janeiro: Arte Hoje, 1985.

Martinho de Haro. Rio de Janeiro: Leo Christiano, 1986.

Bandeira de Mello: a arte do desenho. Rio de Janeiro: Mini Gallery, 1986.

Dicionário de pintores brasileiros. 2 v. Rio de Janeiro: Spala, 1986.

Manoel Costa. Rio de Janeiro: Imprinta, 1987.

Brasília: patrimônio cultural da humanidade. Rio de Janeiro: Spala, 1988

Notícias do Paraná: sobre arte paranaense. Curitiba: Imprensa Oficial do Paraná, 2002.

Maria Leontina: pintura sussurro. (Em parceria com Paulo Venancio Filho, Lélia Coelho Frota e Ferreira Gullar.) São Paulo: Arauco, 2008. (Edição bilíngue).

TRADUÇÃO E ADAPTAÇÃO

Auto de São Lourenço, de José de Anchieta. Rio de Janeiro: Ediouro, 1967.

O Pequeno Polegar, de Charles Perrault. Rio de Janeiro: Brughera, 1967.

Chapeuzinho Vermelho, de Charles Perrault. Rio de Janeiro: Record, 1967.

Robinson Crusoé, de Daniel Defoe. Rio de Janeito: Brughera, s/d.

Roda feliz. 8 v. Rio de Janeiro: Brughera, 1968.

A celestina, de Fernando de Rojas. Brasília: Coordenada, 1969.

O gato de botas, de Charles Perrault. Rio de Janeiro: Brughera, 1969.

Três autos: da alma, da barca do inferno, de Mofina Mendes, de Gil Vicente. Rio de Janeiro: Ediouro, 1986.

Memórias de Leticia Valle, de Rosa Chacel. Rio de Janeiro: José Olympio, 1986.

Martín Fierro, de José Hernández. Rio de Janeiro: Ediouro, 1991.

Poemas e *Retábulo de Don Cristóbal*, de Federico García Lorca. Rio de Janeiro: Calibán, 2008.

COORDENAÇÃO DE PUBLICAÇÕES

Dicionário brasileiro de artistas plásticos (arquitetura, escultura, pintura, desenho, gravura – v. 3 e 4). Rio de Janeiro/Brasília: Instituto Nacional do Livro/Ministério da Educação e Cultura, 1977/1980.

Museu Nacional de Belas Artes. Rio de Janeiro: Colorama, s/d.

Djanira: acervo do Museu Nacional de Belas Artes. Rio de Janeiro: Colorama, 1985.

Museu Imperial. Rio de Janeiro: Colorama, 1987.

ORGANIZAÇÃO DE PUBLICAÇÕES

Novíssima poesia brasileira. Rio de Janeiro: Cadernos Brasileiros, 1962.

Novíssima poesia brasileira II. Rio de Janeiro: Cadernos Brasileiros, 1965.

Poesia da fase colonial. Rio de Janeiro: Ediouro, 1967.

Antologia dos poetas brasileiros: fase moderna. 2 v. (Em parceria com Manuel Bandeira). Rio de Janeiro: Ediouro, 1967.

Antologia poética. Lila Ripoll. Rio de Janeiro/Brasília: Leitura/Instituto Nacional do Livro/Ministério da Educação e Cultura, 1968.

Poemas do amor maldito (em parceria com Gasparino Damata). Brasília: Coordenada, 1969.

Poetas novos do Brasil. Rio de Janeiro: Instituto Nacional do Livro, 1969.

Abertura poética: primeira antologia de novos poetas do novo Rio de Janeiro (em parceria com César Araújo). Rio de Janeiro: CS, 1975.

Poesia brasileira 2 v. Rio de Janeiro: Ediouro, 1985.

Antologia poética, Fernando Pessoa. Rio de Janeiro: Ediouro, 1985.

Cartas de amor, Fernando Pessoa. Rio de Janeiro: Ediouro, 1986.

Antologia de estética, teoria e crítica literária, Fernando Pessoa. Rio de Janeiro: Ediouro, 1988.

Poemas escolhidos, Ferreira Gullar. Rio de Janeiro: Ediouro, 1989.

Antologia poética, Mário Quintana. Rio de Janeiro: Ediouro, 1990.

Ou isto ou aquilo, Cecília Meireles. Rio de Janeiro: Nova Fronteira, 1990.

Antologia poética, Lêdo Ivo. Rio de Janeiro: Ediouro, 1990.

Antologia poética, Gregório de Matos. Rio de Janeiro: Ediouro, 1991.

Antologia poética, Marcos Konder Reis. Rio de Janeiro: Ediouro, 1991.

Poemas de amor. Rio de Janeiro: Ediouro, 1991.

Poesia completa, Cecília Meireles. Rio de Janeiro: Nova Aguilar, 1994.

LEIA TAMBÉM

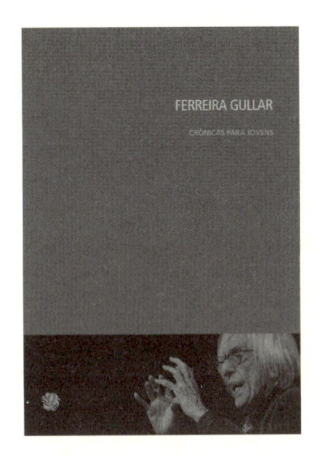

**FERREIRA GULLAR
CRÔNICAS PARA JOVENS**

As crônicas de Ferreira Gullar não formam apenas um painel interessante da vida comum: mostram o próprio autor como um homem simples, parecido com os vizinhos, vivendo um cotidiano que por certo tem problemas, mas também boas surpresas.

Assim como é difícil distingui-lo dos transeuntes de Copacabana, a comédia e o drama expostos em suas páginas dizem respeito ao cronista e a todos os seus leitores, e trazem um recado: a vida é mesmo fantástica!

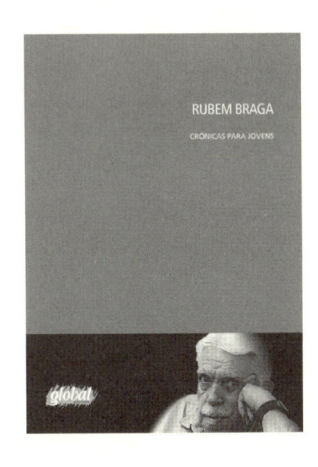

**RUBEM BRAGA
CRÔNICAS PARA JOVENS**

O que impressiona nas crônicas de Rubem Braga é que, escritas há mais de 50 anos, suas questões mostram que a vida mudou menos do que imaginamos. Com seu estilo insuperável, esta primorosa seleção para o público jovem reúne textos que falam sobre o amor, a amizade, as pequenas alegrias trazidas por plantas e bichos, entre outras obras-primas.

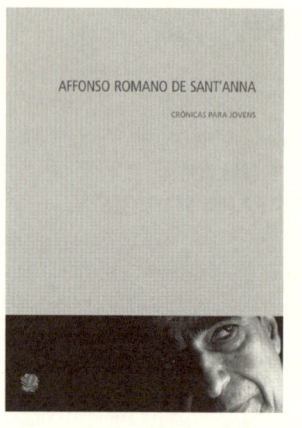

AFFONSO ROMANO DE SANT'ANNA
CRÔNICAS PARA JOVENS

Com humor e envolvente tom poético Affonso Romano de Sant'Anna reflete sobre questões, pequenas ou grandes, do cotidiano de todos nós.

Iluminando belezas e mazelas presentes e nem sempre percebidas, exerce o poder da arte: *tornar visível*.

Suas crônicas são um convite ao leitor para mover-se em direção à beleza e recusar o torpe.

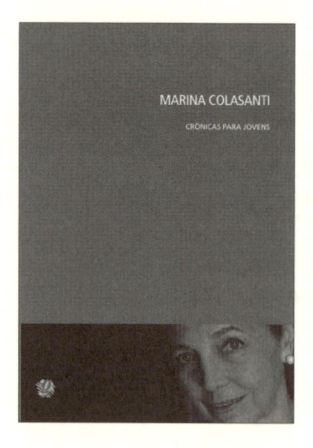

MARINA COLASANTI
CRÔNICAS PARA JOVENS

"O que importa, no final das contas, é o afeto."

Esta frase de Marina Colasanti resume a tônica das crônicas deste livro: na crítica social ou política, no olhar sobre a natureza, em todas as relações humanas, o humor e o tom poético revelam seu jeito amoroso de conversar com seus fiéis leitores sobre questões que valem a pena.

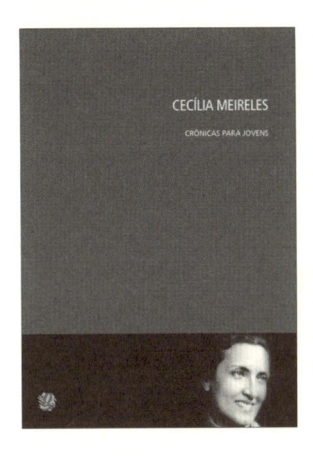

CECÍLIA MEIRELES CRÔNICAS PARA JOVENS

"Dias perfeitos são esses em que não cai botão nenhum de nossa roupa, ou, se cair, uma pessoa amável aparecerá correndo, gastando o coração, para no-lo oferecer como quem oferece uma rosa..."

A crônica de Cecília Meireles tem a solidez e a delicadeza de sua obra poética. Seu tom lírico e ligeiramente desencantado com os rumos da sociedade contemporânea joga uma luz especial em situações insignificantes – alegres ou tristes – que ainda não tínhamos identificado, mas tão importantes nas nossas andanças diárias.

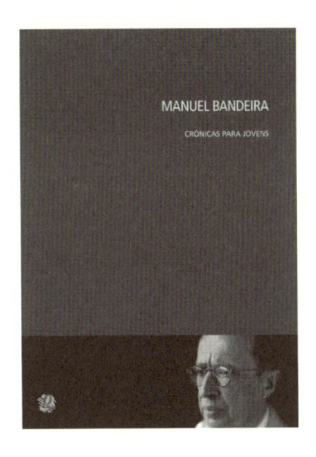

MANUEL BANDEIRA CRÔNICAS PARA JOVENS

Talvez mais próximo do Manuel Bandeira poeta, o leitor vai se surpreender com o cronista brincalhão que se diverte e chama todo mundo para um dedo de prosa, construída de forma tão simples e tão rica.

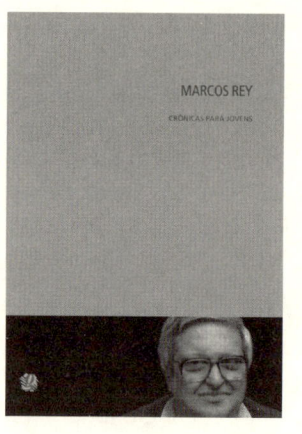

MARCOS REY
CRÔNICAS PARA JOVENS

Marcos Rey sentia fascínio pela gargalhada.

Em toda a sua obra aparecem momentos de humor, mesmo quando ele é improvável.

Na crônica, encontra o espaço ideal para sua veia cômica, garantindo ao leitor boas risadas, em páginas memoráveis sobre nosso cotidiano.

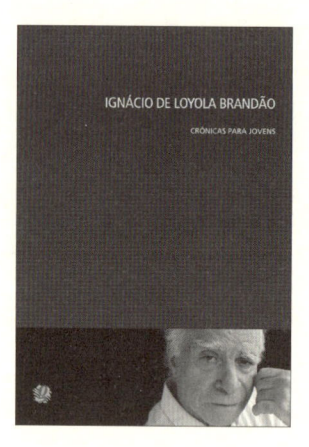

IGNÁCIO DE LOYOLA BRANDÃO
CRÔNICAS PARA JOVENS

"Viver significa, entre outras coisas, poder escrever."

Essa frase, dita por Ignácio de Loyola Brandão logo após sua longa recuperação de uma cirurgia para retirada de um aneurisma cerebral, revela o prazer com que, ainda hoje, o autor escreve suas crônicas e nos convida a pensar que, com risos e dramas, a vida sempre vale a pena.